直到有錢的那一天

How to Get Filthy Rich in Rising Asia

A novel

莫欣・哈密 Mohsin Hamid —— 著
崔宏立 —— 譯

目錄

1／搬進城裡

搬到都市，是在新興亞洲致富的第一步。
而如今你已經往這方向跨出。
恭喜恭喜。

聽好，除非你自己寫一本，否則自我成長之類的書根本是自相矛盾。你拿一本自我成長書來讀，好讓另外的某個誰能幫你，所謂「另外的某個誰」就是作者啦。自我成長書這整類都是這麼回事。譬如說，教人怎麼做事的實用指南書就是這樣。自我提升類的書籍，也是如此。有的人甚至認為，宗教書也算在內。不過另一些人可能會說，這麼亂講的傢伙應該被釘在地上用刀慢慢劃開他的喉頭把血放乾至死。所以囉，最聰明的辦法就是要留神這個次級分類裡各種觀念想法差異甚大，趕緊換下一個話題。

講歸講，意思倒也不是說自我成長書一無是處。恰好相反，它們還真能派上用場。但這並不表示自我成長的領域裡，自我這個概念滑溜難以掌握。滑溜會是好事。滑溜會讓人身心舒暢。滑溜可進到乾澀時去不了的地方。

你現在讀的呢，就是一本自我成長書。本書的目標，封面上英文也寫了，是要教各位如何在新興亞洲致富。在這之前，得先找個主角，對對對就是你，某個冷冽有著微露的清晨瑟縮在媽媽床底，在硬邦邦泥地上縮成一團發抖呢！你很生氣，就像是小男孩的巧克力糖被扔掉、遙控器沒電池可換、小綿羊摩托車壞了、新買的球鞋被別人偷走般。這幾個都是比較不尋常的例子，因為你這輩子根本沒見過剛才講的那些東西。

你的眼白泛黃，全都是血中膽紅素過高所引起。把你折磨成這樣的傢伙是E型肝炎病毒。最典型的傳染途徑就是經由排洩物再進到嘴巴。病從口入囉。這病的致死率差不多是五十分之一，所以說你很有可能度過這關。不過這會兒呢，你只覺得自己就快死了。

這種情形你媽已經遇過好幾次，或是說，至少看起來都差不多。所以呢，也許她並不認為你會有生命危險。當然囉，也許她的確認為你就要不行了。也許她心裡害怕。凡人終將一死，當一位母親，比如說你母親，看著排行第三的孩子，比如說是你，痛到像你現在那樣在她床下嗚咽哀鳴，也許會覺得你的死期要往前提早了好幾十年，死神來到眼前，脫去黝黑沾滿灰塵的斗篷，披散著頭髮，露出熟悉而貪婪的笑意要來復仇，冷眼看著這位母親和所有倖存孩子共用的這麼一間土角厝。

她只說了，「別把我們丟在這。」

這要求，你爸之前早就聽她講過好多好多次。不過，如此疲勞轟炸倒不會讓他完全無動於衷。他是個性慾極度旺盛的男人，你媽不在身邊的時候總是會想到她的大胸脯、結實豐滿的大腿，還巴望著每天晚上都能親熱親熱，而不是受限於每年只有三、四次返家探親的機會。他也喜歡你媽那種超乎尋常粗俗的幽默感，當然有的時候也情願老婆能在身旁作伴。而且，雖說他不善於表現對孩子們的情感，倒是樂意看著你還有兄弟姊妹們在他眼下成長。他自己的爸爸，看著田裡莊稼一天天長大，心裡無比寬慰，關於這方面，至少和自己的孩子成長茁壯足堪比擬，這對父子還真是相像呢。

他說了：「一家人全都到城裡我可養不起。」

「我們可以和你一塊住宿舍。」

「我和司機共用一個房間。他是個滿口胡話的混蛋，整天只會打手槍、菸抽個不停。沒有一家人去住宿舍的。」

「你現在賺三千。不算窮了。」

「在城裡，三千根本窮得很。」

他站起來走到外頭。你的眼光跟著他，皮製的涼鞋後跟也沒拉上，帶子隨便耷拉著，皸裂的腳後跟結著老繭，硬邦邦像個甲殼般。他邁步跨出房門，來到位在你們這個家族大宅院正中央的露天內庭。他恐怕並不會在那棵孤零零的大樹下待著，夏天的時候它的濃蔭可提供遮蔽，但這會兒是春天，還只有光禿禿的枝椏、三三兩兩幾處新綠。大概他離了宅院，一路來到小丘後頭最喜歡去上大號的那個位置，身子蹲得低低，使勁要把肚腸裡的東西清個痛快。可能他是獨自一人，也可能還有別人也在場。

小丘邊有道凹溝，深達一個成年人那麼高，溝底一縷細流涓滴流淌而過。在這季節，兩者完全不相襯，就像是集中營裡瘦巴巴的囚徒穿著肥嘟嘟點心師傅的罩袍。只有在雨季期間，溝裡才會短暫填入東西，幾乎快要滿溢出來，而且就算是那種狀況，發生的機率也是比以前少得多了，因為氣候變化越來越難以捉摸。

你們村裡的人，在洗衣處下游解放，而洗衣服的地方又是在取飲用水處的下游。更上游，前一個村子也是這麼辦。再往上溯，水從山區奔流而出如同滔滔江河的所在，一部分是被某間老舊、陳腐而無甚規模的織品工廠取去做工業用，有一部分則被當作它所排放暗灰色發臭廢水的放流管。

你父親是個廚子，然而，雖說他在這行算是做得不錯而且又來自鄉下，對於所用食材的新鮮度或品質倒是沒什麼堅持。對他來說，做菜不過是調味料和油的工夫。他燒出來的東西吃在嘴裡會咬舌頭，下了肚還會堵塞血管。他放眼看出去，見到的並不是什麼冒著泡的沙拉會用到的帶刺菜葉以及毛茸茸的莓果，用來烘焙漂亮鼓脹石磨窯烤扁麵包的黝黑麥稈。他見到的是一份又一份逼人折腰的苦工。他見到的是日復一日年復一年，時時刻刻過了一星期又來一星期。他見到的是勞動，一個農民用他此生有限的時間換得能在這世上活下去的有限時間。在這，置身於大自然糧倉的豐富盛宴當中，你父親嗅到死亡的氣息。

村裡進城工作的男人，多半會在麥子收成的時候回來。不過這個時節還早呢，時候沒到。你父親是回來休假。不管怎說，早上他可能會和兄弟們一塊幹活，割取牲口要用的草料。他還要回復同樣如此蹲伏的姿勢，不過這會兒手裡握著鐮刀，收攏—割斷—放手—搖晃著前進，相同動作一次接著一次，就像太陽在空中緩步進展重複走過相同那道路徑。

在他身邊，孤單一條土路切過田野。要是地主或地主的小孩開著休旅車從這經過，你爸和他的兄弟們就會把手放在前額上，彎著腰，眼光看向別處。千百年來，在這種地方，和地主四目交望對看一直都是件危險的事情，說不定打從人類有歷史以來就是這麼回事。最近，已經有些人開始這麼幹。但那些人留著鬍子，靠講經論道混飯吃。他們昂首闊步，挺著胸膛走路。你父親並不是這樣的人。事實上，他討厭這些傢伙就跟他討厭地主幾乎是一樣的，而且理由也是一樣。他認為那些人既自大又懶惰。

你側身躺著，一隻耳朵壓在夯實的泥地上，透過胯下的角度望過去，你見到母親跟在父親後頭進了內院。她餵餵拴在那兒的水牛，把昨天割好的牧草混著些乾稻稈放進木製的食槽裡，趁牠吃東西的時候擠些奶，一道道乳汁撞得錫製的壺咚咚作響。等她擠完牛奶，大宅院裡的其他小孩，你的兄弟、堂兄弟們就領著大牛、小牛還有山羊們到外頭放牧吃青草去。你聽見他們手頭揮著去皮的枝條嗖嗖作響，然後大夥都走光了。

接下來是你的嬸嬸姑姑們出了宅院，頭上頂著取水用的陶罐，還帶著衣服和洗衣肥皂。這些都是大夥一起做的活。你母親負責的都是些獨來獨往的工作。她自己一人，她們成群結隊。這並不是沒有原因的。她蹲踞的方式就像你爸，說不定現在他也是這麼蹲著，鐮刀換作手裡沒柄的掃帚，她邊掃邊搖晃著前進的動作和他幾乎是同個模樣。蹲著很省力，對背部比較好，合乎人體工學，而且沒那麼痠痛。然而這麼做了好幾小時好幾天好幾星期好幾年之後，小小的不快在心中迴盪，就像是地底刑求室傳出的慘叫哀號。只要無人知曉，可以永無止盡忍受下去。

你媽是在婆婆的監看下打掃內院。老太太坐在陰影裡，頭紗一角咬在嘴裡，並不是要隱瞞什麼誘人的面容，反倒是不願露出一口稀稀疏疏的牙，壓不住心中不滿死命盯著瞧。宅院裡的人都認為你媽自大、傲慢而且剛愎自用，這些指謫處處到位，因為那都是真的。你奶奶跟你媽說，漏了個地方沒掃到。因為她沒了牙，又咬著一塊布說話，那幾個字聽起來就像是在吐痰。

你媽和奶奶玩的是一種坐以待變的比賽。年紀大的等年紀小的變老，而年紀小的等年紀大的死掉。這比賽雙方都必然得勝。在此同時，你奶奶只要逮到機會就會賣弄權威，而你媽則以純粹體力做為炫耀。要不是因為曉得還有男人在，宅院裡其他女人都怕你媽。在一個全部都是女人的國度，你媽大概會被奉為女王，手裡握著血淋淋的玩意兒，腳下踩著碎裂的頭顱。在這，她頂多只能設法避免嚴厲的責難。就算如此，像她這樣與自身所處的村落不相往來，並不是件容易的事。

你媽和你爸雙方都知道一件事並沒有說破，那就是如果每個月可以賺到一萬，靠那數就勉勉強強夠帶著你媽還有孩子們到城裡住。這樣過日子會捉襟見肘，但並非絕無可能。此時此刻，他還能把賺到的錢幾乎全送回鄉下，讓你媽和其他親戚分著用。如果她帶著你還有其他小孩搬過去住，往這流的錢就會慢下來，只剩涓滴之數，就跟溝裡流淌的水一樣，只有每年兩次過節的月份能有所期待，那時他或許可以拿到額外分紅獎金而且說不定並沒有舊債要還。

你看著你媽切開一條長長的白蘿蔔，放在火上燉煮。此時太陽早已將露水蒸乾，就連你，不舒服地躺在你媽床下夯實的泥土地上，也不再覺得寒冷。不過，你覺得身子虛，肚子發疼，就像是有隻寄生蟲在裡頭要把你活活吃掉。所以當你媽扶著你的頭，用湯匙把她的萬用藥灌進你嘴裡的時候，你並沒有抗拒。那藥聞起來像是嗝氣，跟人肚子裡的氣同樣味道。你吞了只覺得一陣作嘔。但你胃裡已經沒東西可以吐了，也就毫無意外把藥全都喝下肚。

動也不動躺了一陣子之後，這位患了黃疸症的鄉下小孩，嘴角溢出的紅色汁液還在地上形成一小窪泥塘，看來變得超有錢根本沒你的份。但是你得要有信心。你並不像外表看起來那麼毫無力量。你的機會就要來了。沒錯，本書將要提供你一個有所選擇的機會。

好幾個鐘頭過後，決定的時刻到了。太陽落入地平線，你媽把你抱上床，雖然傍晚還很暖和，但你還得裹條毯子躺著。男人們早就從田裡回來，全家人，除了你之外，都已經在內院吃過晚飯。你可以聽見叔叔伯伯們輪流吸水菸管的咕嚕聲從門外傳來，還可以見到裡頭的煤炭冒著微火。

你爸媽來到床前，往下看。明天，你爸就要回城裡了。他心頭有個想法。

「你這樣行嗎？」他開口問你。

這是他這次返鄉對你所問的第一個問題，說不定還是好幾個月以來直接對你講的第一句話。你很痛苦又很害怕。所以答案當然是不行。

但你卻說：「還可以。」

這就將命運掌握在你手中了。

你父親聽了你嗄嗄響的說話聲，點點頭。他對你母親說：「這孩子很堅強。我是說最小這個。」

她說了：「堅強得很。」

你永遠無法了解，是不是因為你的回答，讓父親改變心意。不過，當天晚上他跟你母親說，他決定了，老婆孩子要跟他一塊到城裡去。

他們用性來為這約定簽字蓋章。在鄉下，除非你到野外去做，男女之事才有可能稱得上是件隱密的勾當。在屋裡，就連結過婚的夫妻也都沒有自己的房間。你爸媽和三個倖存下來的小孩共處一室。不過屋裡很暗，也看不到什麼東西。更何況，你媽和你爸幾乎還是穿得好好辦事。他們一生當中從來沒有為了要交媾而把全身上下脫個精光。

你爸一邊跪著，一邊把寬鬆長褲的繫繩解開。你媽則是臉朝下躺著，骨盆轉個方向，也同樣解開褲頭。她把手往後探，使勁將他拉過來，堅定而直接的動作和今天早上幫水牛擠奶時並沒有什麼不同，不過他已經就緒可以上陣了。她起身用四肢著地。他進去了，一手將身體撐起而用另一隻手放在她乳房上，一邊撫弄著一邊借勢把自己往前拉。他們多少是壓低聲響進行，但出力的低沉咕噥、肉體的撞擊、急切的喘息，還有液體的吸吮，再怎麼樣還是聽得見。你和兄姊要不是睡著了，就是在他們把事辦完之前假裝在睡覺。然後他們都上了你母親的床和你擠在一處，精疲力竭，沒過多久就都進入夢鄉。你母親還打呼呢。

過了一個月後，你已經好得差不多了，可以和兄姊一塊跨坐在超載的巴士車頂上，靠它擔著你們全家還有六十多名硬塞進去的其他人進城。一路行來巴士橫衝直撞，和其他同樣擠滿乘客的競爭對手進行一場瘋狂的競賽，急著趕往下一站搶載一批又一批等著上車的客人，這時如果翻車的話，你大概就凶多吉少了，至少極有可能斷手斷腳成了殘廢。這類事情經常發生，倒比不上平安無事的機率就是了。不過今天你吉星高照。

用來把行李綁在車上的繩索通常還算牢靠，你緊緊抓住這些繩索，看著歲月流過，層層剝去與其時代相稱的外衣。就像是如果是往山裡去，由於海拔高度迅速增加，只要稍稍往北移動些許距離就能從亞熱帶叢林變成是快到極區的凍原，一趟從偏遠鄉間開往都會中心的幾小時巴士之旅，似乎橫跨了好幾個世紀。

在你那輛噴著黑煙，歪向右舷的運輸工具上頭，你帶著敬畏之心省視種種變化。土路讓位給鋪了柏油的車道，坑坑洞洞比較少出現而且突然之間全都失去蹤影，不要命迎面而來的車流消失了，取而代之的是兩線道受到節制相安無事。電出現了，一開始的徵兆是你從一整排列著隊的高壓電塔底下經過，接著是在巴士頂上與眼睛齊平的高度，或在路左，或在路右，拉著電線，最後看到的是街燈，商店招牌，還有亮麗炫目五光十色的廣告看板。建築物由泥土夯成的土屋換成磚房再換成鋼筋混凝土，然後往上抽高，成了難以想像的四層樓，甚至是五層樓。

奇觀接踵而至，每回你以為已經到了，絕對不會有什麼別的東西比這更像你要去的目的地，每回你都猜錯，直到後來你已經放棄東想西想，完全臣服於這麼多層層疊疊的奇觀、幻象，就像雨季裡似乎永無止盡的一道又一道雨牆，淋得你全身濕透，永無止盡，直到他們事前也不說一聲就停了下來，巴士往邊一靠進站，你總算不可挽回地來到城裡。

你和爸媽還有兄姊全都下了車，這時你們就具體實踐了所屬時代最為巨大的變化。之前，你們家族的人數多到數也數不清，但不是無窮無盡，不過那是個難以理解的大數，如今自家人就只有五個。五個人。手一伸五個指頭，腳一伸也是五個趾頭，和整群的魚、整團飛鳥或人的部落比較起來，真是極其渺小的聚合。家庭的演進歷史當中，你們和上百萬上千萬跟你們一樣的其他移民家庭就代表了核心家庭的持續散布增加。這真是個爆炸性的轉變，扶持、壓抑、穩定的延伸家庭關係聯繫持續一直弱化而且持續讓步，遺留下不安、焦慮、生產力還有潛在的無窮可能。

搬到都市，是在新興亞洲致富的第一步。而如今你已經往這方向跨出。恭喜恭喜。你的姊姊轉過頭來看著你。她左手扶著頂在頭上的一大堆衣服還有各色家當。她右手握住一個破破爛爛行李箱的把手，可能是你爸出生那個年代被原本主人丟出來不要了的東西。她笑了笑，你也對著她笑，除了你們倆小小橢圓形的臉蛋熟悉之外，完全是置身於一個不認識的世界。你以為姊姊是試著想要讓你安心。畢竟你還小，你並沒有想到其實是她需要有人讓她安心，她找你並不是要來安慰你，反而是為了在脆弱易受傷害的時刻，她這位沒多久之前才大病初癒的小弟有這個能力可以提供些許撫慰。

2／接受教育

想在新興亞洲變得超有錢，接受教育是往那目標跨進好大一步。
通往財富的路上有很多分叉，這些分叉是出自機運。

可以被歸進自我成長類的書有這麼多，實在是很了不起。舉個例子來說，若不是出自於有一股衝動想要了解遠方的國度，因為全球化已逐漸影響到你的個人生活，為什麼會堅持閱讀那本廣受好評、無聊到爆的外國小說，勉為其難一頁翻過一頁「拜託快點結束」黏乎乎慢吞吞的文體，以及看了讓人臉紅的正經八百狂妄自大？講到骨子裡，你的這股衝動如果不是渴望自我成長，那又是什麼？

另外還有一些小說，或由於情節、語言、學識或經常出現的免費奉送寫實性愛場面等原因，你真的很喜愛，而且滿心歡喜迫不及待想要一睹為快，那些當然也算得上是某種型式的自我成長書吧？至少它們幫你打發時間，而自我這玩意正是由時間形塑而成。同樣道理也適用於敘事體的非虛構作品，而非敘事體的非虛構作品更是如此。

確實，所有書籍，曾經被寫出來的每一本書，都可說是提供了一種自我成長的樣貌。教科書、作業本，當然算得上是最能明白顯現這個論點的了，此時此刻，城市裡住了好多年之後，就拎著一本教科書走在路上。

你住的這個城市，並沒有配置得像個單細胞生物那樣，有個富裕的核心深陷於眾多貧民窟之間。它缺乏足夠大眾運輸，運用所必需的方式一天兩次把所有工人運過來再運過去。打從好幾代以前殖民結束那時起，這城市也欠缺足夠的治理大權，好把足夠數目的人還有他們的動產、不動產遷到別處。因此，窮人和富人比鄰而居。有錢人住的社區與工廠、市場還有墳場之間往往只隔著一條馬路，而這些場所又和貧困者的住宅僅以開放式的排水溝、鐵道或小巷為界。你自己所屬那一區與外頭的邊界是三種東西全都用上了，這也並非什麼稀奇的事情。

來到目的地，你可以見到一幢被雨水沖刷得泛白的建築物，掛了塊牌子明白揭示它的名稱與功用。這就是你的學校，一邊是間補胎行，另一邊則是靠著販售菸品賺取大部分收入的街角書報攤，就這麼緊緊夾在兩者之間。到了差不多十二歲的時候，損失薪金的機會成本變得難以忽視，在那之前，你那一帶的小孩多半會想方設法去學校念書。多半，但不表示全部。那間補胎行裡有個男孩光著膀子正在工作，他的身高也就和你差不多。你從店門前經過的時候他盯著瞧呢。

你們班上有五十名學生，只有三十個座位。其他的不是席地而坐就是站著。教你的老師，是位雙頰凹陷、亂吐檳榔汁的單身漢，說不定還患有結核病。

今天他帶著大家背乘法表。他心不在焉嘴裡念誦，這是他愛用的教學工具，其實也是唯一的招數，強迫死記硬背。他心思盪漾，除了控制發聲器官所用的皮、肉、骨頭所需，其他早就不知飄到哪兒去囉。

你的老師念道：「十十，一百。」

全班一起跟著吟誦一遍。

你的老師念道：「十一十一，一百二十一。」

全班一起跟著吟誦一遍。

你的老師念道：「十二十二，一百三十四。」

有個笨笨搞不清楚狀況的聲音打岔，說道：「四十四。」

突然之間大夥全都停了下來，聲音是從你這傳出去的。你想都沒想就脫口而出，或至少並沒有事先想得夠清楚。

你的老師講話了：「你說什麼？」

你遲疑了一下。但事情已經發生了。說出口的沒法收回。

「四十四。」

你老師的語氣故意軟了下來。「你講這要幹麼？」

「十二乘十二是一百四十四。」

「你以為我是笨蛋嗎？」

「不是的，老師。我以為你講一百三十四。我弄錯了。你說的是一百四十四。對不起老師。」

全班都曉得你老師並不是說一百四十四。也可能並不算全班都曉得。班上大部分人都心不在焉，作著白日夢，想的不是風箏就是衝鋒槍，要不然就是在大拇指與食指間搓著鼻屎。不過總還有一些人曉得。而且，就算不知道確切的形式會是如何，這些人都曉得接下來要發生什麼事情。這會兒他們嚇得呆呆地望著，就像是趴在石上的海豹群看見大白鯊從某個同伴底下竄出來，彼此相差的距離不過划個幾下就能游到。

你們大多在之前就有過被老師體罰的經驗。你算得上是全班最聰明的學生之一，就已經招來好幾次最為嚴厲的處罰。你試著要韜光養晦，可是常常你會爭強好勝而露出鋒芒，就像剛才發生的事情那樣，然後你得付出慘痛代價。今天，你的老師把手伸進他長袍口袋裡，他在那放了一小撮砂子，或該說是相當粗糙的礫石，然後揪著你的耳朵，指尖的小石子使得他所加的巨大壓力摩擦更甚，所以你的耳垂不但被壓得變形走樣還疼得要命微微滲出血來。你不願哭出聲，不讓折磨你的人心滿意足，也就因而更拉長你受懲罰的時間。

你們老師並不想當老師。他想在電力公司當個抄電表的人。抄電表的用不著對付小孩，工作相對而言比較少，更要緊的是：上下其手的可能機會更大些，也就因此不僅收入較多，也比較受社會敬重。你們老師想當個抄電表的，這事也並非遙不可及。他叔叔在電力公司上班。但是，這位叔叔能設法弄到的抄電表工作，給了你們老師的哥哥，他一生當中想要的東西都這麼不可避免地多半歸給別人。

所以，你們這位老師，初中畢業考試差點沒通過，到最後還是設法蒙混畢了業，用他欺騙世人的成績，加上相當於將來一整年薪水百分之六十那麼多的金錢做賄賂，還有和教育主管機關裡某位遠房親戚拉上關係，只能安插一個現在占的這個職位。他根本不是適合當老師的料。事實上他討厭教書。這工作讓他抬不起頭來。不管怎麼說，他還是一直隱約害怕會有什麼被查出來而可能丟了工作，當然這是沒來由的，或是說，就算沒被解職至少會落入某種不利的處境，被迫要再付出一筆更豐厚的賄賂好保住飯碗，又因為揮之不去的失望感，而對世界極度不公平的認定也並非毫無根據，更增強這種恐懼的心態，並在他發飆時越來越暴力的狀況當中顯現出來。每打一下，他就跟自己說，他是在協助教育體制突破又一個冥頑不化的頭殼。

突破和教育，你身邊許多人的命運被這兩件事糾纏著。舉個例子來說，你姊的人生就是如此。你回到家的時候，只見她似有若無啜泣著。最近，她的情緒變化頻率快得嚇人，一會兒是壓抑但掛著豆大淚珠，一會兒又露出目中無人的冷酷神色。這時，是屬於前一個狀況。

你對她說：「又來了？」

「來你個屄啦，童子雞。」

你聽了直搖頭。你還太軟弱，無法恰如其分地回嗆，而且，更重要的是你早就筋疲力竭，沒有信心可以躲過她突如其來的巴掌。

姊姊發現你有點不大對勁。她說：「你的耳朵怎麼了？」

「老師弄的。」

「那個大渾蛋。來我這。」

你坐在她身邊，讓她用雙手環抱著，撫弄你的頭髮。你把眼睛閉上。她用力吸了幾下，不過現在已經哭完了。

你說：「妳會害怕嗎？」

「害怕？」她勉強擠出一絲笑意。「是他要怕我才對。」

那個他指的是你父親的表甥，整整大她十歲，現在親事都已經說定了。那人的老婆之前才因難產過世，這還是流產過兩次之後的事呢，這就迫不及待又物色了另一個老婆。

「他還留著那把大鬍子嗎？」

「我哪曉得啊？已經好多年沒見了。」

「大得很呢。我是說他的鬍子。」

「你知道大家說男人的鬍子大小是什麼意思嗎？」

「什麼意思？」

「當我沒說。」

「妳到底害怕不害怕？」

「怕什麼？」

「不知道。怕離開家裡。要我一個人搬回鄉下我一定會嚇得要死。」

「你還是個男孩而我已經是女人了，差別就在這。」

「妳算是女孩。」

「才不，我是女人。」

「女孩。」

「我每個月都會流血。我是女人。」

「真噁。」

「隨便你。」她笑著說。「但我是女人。」

接下來讓你想都想不到。她做了一件你以為是粗腰大腹成熟女人才會做的事情，而不會和你姊姊那種瘦巴巴的小女孩扯上關係。她唱起歌來。她用一種沉靜而有力的聲音唱著。她唱的歌就是你們鄉下母親唱給新生兒聽的曲調，這首歌你媽真的唱給你們每一個小孩聽過。像是搖籃曲，不過比較激昂，並不是要讓嬰兒入睡，而是在做事情離開孩子身邊或視線時告訴他媽媽還在。你已經好多年不曾聽到這首歌了。聽姊姊唱這歌你覺得好奇怪，既讓人放鬆而同時又使人不安。你靠著她的身體聽她唱，感受到她的身體就像是個手風琴那樣一脹一縮。

等她唱完，你就說：「來玩大河遊戲吧。」

「好啦好啦。」

你們兩人離開全家共用的房間，就和你們在鄉下共用的那個房間差不多大，不過這是用磚蓋起來的，不是泥，而且坐落在顫巍巍、細長長的建築物最頂端的三樓頂。你們衝下樓梯間，然後穿過一條小而隱密的巷弄，基本上是個無尾巷，因為它從主要幹道叉出後並沒有通往別的地方，三面都被住家包圍。巷子裡有個小小的垃圾山，再過去就是一條沒加蓋的排水溝。

從偵察衛星的鏡頭看下去，會見到有兩個小孩子做些很奇怪的動作。那人會發現，這兩孩子接近排水溝時表現出異常的謹慎，就好像那並不是由各種排洩物匯聚而成的涓滴細流，而是一道波濤洶湧的怒川。而且，雖然排水溝很淺，稍稍一跳就能越過，那兩個孩子小心翼翼站在溝的兩邊，兩手圈起來圍在嘴旁，就像是隔著很遠距離相互喊話一樣。協調好之後，其中一人撿起一塊廢鐵，也許是被丟棄的腳踏車輻條，看來好像是要用來釣魚，雖說並沒有釣線也沒有釣鉤，也不期待會釣到什麼東西。另一人撿來一塊厚紙板包裝撕下一條，長形而邊緣不平整凹凹凸凸，反覆對著排水溝的方向戳刺。是在用長矛刺透明的烏龜嗎？驅趕看不見的鱷魚？很難估量她那激烈的動作是什麼用意。突然女孩蹲了下來，無聲地演出生火的模樣。男孩對著她喊叫，然後她就把頭巾的一端拋了過去。

你緊緊揪住頭巾。在你手中，那就是用來渡河的繩索。可是你還沒來得及渡河，毫無預警下，魔法失效了。你順著姊姊受驚擾的眼神望過去，見到有一扇之前緊閉的窗戶現在打開了。裡頭站著個高大的禿頭男人，緊盯著你姊看。她把握在你手上的頭巾扯過去，一端蓋過頭，另一端遮住還沒怎麼發育的胸部。

她對你說：「我們回家吧。」

自從你們家搬到城裡來住，沒過多久你姊就去當打掃小妹，你爸的收入無法追上最近這幾年猖狂的通貨膨脹。她得到的講法是，等你哥，三個倖存小孩排行居中的那一位，等他年紀夠大能去工作了，就可以再回學校讀書。她只在課堂上待了短短幾個月，對於受教育所表現出來的興趣，要比你哥在學校那麼多年還更熱情投入。他才剛找到油漆工助手的差事，也就不再去學校了，可是你姊並不會取而代之被送去學校受教育。她的時機已經過去了。婚姻才是她未來的寄託。她已到可以嫁人的年紀。

你們兩人回到家的時候，你哥正坐在房間裡。他累得要命，手上臉上露出來的皮膚表面都沾了一層細細的白色油漆屑。他頭髮上也是一樣，就像是戲劇演員化的妝似的，看來像是一個小男孩要在校內演出的戲劇當中裝扮成中年人上台。他神情憔悴看著你們，還邊咳。

你姊說了：「我跟你說過，別抽菸。」

他說：「我沒有。」

她在他身上聞了聞。「你有。」

「是師傅在抽。我只不過是一天到晚都跟在他身邊轉。」

其實呢，三不五時你哥會來上一根。可是他並不特別愛抽菸，而且這個星期他還沒抽過。再說，抽菸並不是讓成他咳成這樣的原因。他會咳嗽是因為吸入噴漆。

每天一早，你哥走路出發跨越鐵道，如果平交道開放的話就會從那走，如果平交道攔了下來而火車動得很慢，就會和那些把搶越鐵路當作遊戲的頑童們一起用衝的闖過去。他搭公車到那已有上百年歷史的歐風設計商業區，依這城的歷史來說是既不算新也不算舊。到那之後，路過一間茶攤，走進原本是個公共廣場的空地，其實是個梯形，但現在由於違法建築侵占已經把入口通道塞滿了，成為完全封閉的內院。

這內院混雜運用的規畫令人驚歎，講得更精確些，根本是毫無規畫。主要的建築裡，樓上包括了家庭還有勞工的住所、一間生意清淡旅店的客房，裁縫、繡工還有其他手藝人的工作坊，也包括辦公室，其中兩間分屬一雙年紀漸長的私家偵探，彼此積怨甚深，可見著他們透過隔板的窗戶往對方那邊張望。一樓，建築物的正面，也就是它們背向內院的那一側，全都讓位給店鋪以及不怎麼吸引人的餐館。另一方面，它們面向內院的背側，全都是些小規模的製造業在工作，因為他們的噪音、氣味、景觀或化學毒性在這麼一個高密度的區域並不受歡迎，也就利用封閉的內院當作是種掩護。

你哥哥的師傅是個噴漆工人，今天他們的工作是一位異常膽大妄為又有名氣的室內設計師給的案子。你哥先把一組訂做、固定式的書櫃從小小一輛平台貨車搬下來，要等上好漆了才能拿去固定在位置上。他十分謹慎地搬著，因為書櫃重量的關係只能一蹭一蹭前進，經過賣茶水的攤子，出到內院，然後退著進去油漆工倉房的入口處。他在浪板屋頂上貼了塑膠布，做成簾子以免油漆微粒飄到旁邊已經上好漆等著運走的其他東西上頭。固定式書櫃內建的氯素燈座還有霧面金屬電開關，他得用報紙包裹貼好。依據油漆工的指示，他拎起好幾罐油漆，調和漆料和溶劑。他找出延長線，讓噴槍的壓縮機接上電源。然後，油漆工手持噴槍，開始畫出上百條直線跨過書櫃的木頭，就像是自動裝配工廠裡的機器人一樣，他站在油漆工身後，在不通風、像地獄般悶熱的情況下汗流浹背，但精確度稍稍遜色而且咒罵之聲顯著得多，每隔幾分鐘你哥就要因應口齒不清的指令，或是清理灑出來的漆，或移動梯子、取水來、拿麵包來，或用電氣膠布把裸露的電線重新接好。

你哥哥的工作從某層面來看就像是太空人，或稍稍沒那麼精采的說法就是像個水肺潛水員。幹這行也會遇到空氣嘶嘶作響、感覺輕飄飄沒有重量，或突如其來腦子脹痛噁心想吐，一切都來自於有機生命與機器合體所導致的不穩狀態。然而，太空人或潛水員可看見想像不到的新世界，但你哥哥放眼望去只看得到或濃或淡的單一色調霧霾。

他的職業需要耐心，還要有堅忍意志能承受持續襲來的低度恐慌，這兩樣都不是你哥所擅長。理論上，做這工作還需要用護目鏡還有口罩之類的防護，可是這些東西顯然可有可無，因為你哥和他師傅什麼都沒有，只拿塊單薄的棉布摀住口鼻代替。這麼一來，短期的效果呢就是你哥哥咳了起來。長期來看，後果會更加嚴重。不過油漆工的助手有錢可拿，而且還能學到手藝，這可是價值不菲，再說不管怎麼樣只要時間拉得夠長，我們也都知道，怎樣都逃不了終將一死。

那天傍晚你媽在準備晚餐的時候，煮的是放了很多洋蔥加料的豆子湯，這倒不是因為她愛吃洋蔥，原因在於洋蔥可以充體積而且今天賣得特別便宜，這時也許還看不出來你是個好命的小孩。不管怎麼說，你耳朵上的傷要比你姊眼中透露的情緒或你哥身上的殘漆看起來更痛。可是你有夠好命。排行老三真是好命。

要想在新興亞洲變得超有錢，接受教育是往那目標跨進好大一步。這並不是什麼祕密。可是有許多大家都想要的東西就像這樣，眾所周知並不表示很容易能夠辦得到。通往財富的路上有很多分叉，並不是出自於抉擇或欲望或努力，這些分叉是出自機運，而在你這個例子當中，就是你出生的順位排行第三。老三就表示你不用回鄉下。老三就表示你不用當油漆工的助手。老三就表示不會成為大樹底下小小墳塋裡的纖細枯骨，就像你們家老四那樣。

你們都吃完了，爸爸才回到家。他已經在他掌廚的那間屋裡和其他僕役一起用過晚餐了。你們闔家一起擠在電視機前，這台電視機代表了城市生活的富足。它用的電是大家共謀竊取而來，從你們屋子前方拉條電線進屋。那是一架古董，黑白，陰極射線真空管構造，螢幕的弧度很大，扭曲得十分厲害。寬度還不及你的前臂那麼長。而且只能接收到在地面上發射信號的少數幾個頻道。不過這電視能看，你們全家都目瞪口呆盯著那些由它送到屋裡來的音樂性綜藝節目。

節目結束，開始播放工作人員名單。在你母親眼裡只見到一長串沒有意義的象形文字。你爸和你姊認出偶爾會出現的數目字，你哥在這之外還偶爾認得幾個單字。片子的這個部分，就只對你有意義。你曉得這是在講什麼部分由什麼人負責。

就在這個時候，你們社區的電力供應中斷了，你們家那顆光溜溜的燈泡也隨之熄滅。全家人都準備睡覺，點了一枝蠟燭，然後由你媽用指頭一掐把燭火捏掉。現在屋裡暗了下來，但並不是黑漆漆一片，都市的光彩透過百葉窗流瀉進來，雖然安靜卻並非悄然無聲。你聽見鐵軌上有輛火車跑了過去，還一邊煞車減速。你很容易入睡，所以就算是共用一張床，整個夜裡，你哥的咳嗽就連一次也不會干擾到你的睡眠。

3／不可愛上別人

談戀愛會把滿腔雄心壯志澆熄，
更會把它所必需的推力奪走。

許多自我成長書提供要怎麼愛上別人的建議，或者說得更清楚些，要如何讓你欲求的對象愛上你。本書並不算是那一類的自我成長書，這再清楚不過。因為只要一提到發財，情愛就會是個妨礙。的確，追求愛情和追求財富有很多共通點。兩者都有可能促使你起心、動念、提升，還會起殺機。可是，若說銀行裡有大筆存款明顯會吸引美女辣妹費盡心思要用她們的愛來換得財富，談戀愛通常是和這恰恰相反。它會把滿腔雄心壯志澆熄，通往經濟成功最核心的旅程早就是多所牽絆的逆流而上，如今更會把它所必需的推力奪走。

所以呢，在你十幾快二十歲的時期，被一位美麗佳人迷得神魂顛倒實在是相當令人擔憂。那女孩的長相，並不是傳統上會被認為很漂亮的那一類。皮膚並不如牛乳那樣白皙，也沒有烏溜溜的秀髮、豐滿的胸脯，或是溫柔如圓月般的臉蛋。她的膚色要比一般普通人還要更深，頭髮和眼睛較淡些，使得臉上五官全都是極度類似差不多的棕色調。這就使得她有種煙燻的質地，就像是用炭筆勾勒而成。而且她又高又瘦，沒什麼胸部，那尺寸被你母親貶為小小兩顆壓爛不值錢的芒果。

「哪個男孩想和那種模樣做愛，」你母親還加了一句，「根本就是想和別的男孩做愛一樣。」

也許是吧。但你並不是漂亮女孩唯一的愛慕者。事實上，一大票和你同樣年紀的男孩子眼巴巴看著她從面前走過，她充滿自信的神氣步態在你們那一帶十分顯眼，就像是神學院裡出現了比基尼。這有可能是代溝問題。你們這些男孩子，和自己父親那輩不一樣，是在城市裡長大，一天到晚都受到電視，和看板海報等的影像轟炸。過度顯現出生育能力在城裡是個負擔，而不像傳統上在鄉村地區是個人資產，之前的鄉下食物多半是自種自食而用不著花錢去買，而且就算是完全沒經驗的人也可以找到工作，不過如今就連那時代也走到盡頭了。

不管是出於什麼理由，漂亮女孩成了人們極度渴望、為之苦惱，意淫動手的對象。至於女生那邊，似乎對你有那麼一些不上不下的興趣。你一直是個壯漢，不過這會兒是健美得令人嘆為觀止。這有部分是因為每天堅持鍛鍊的結果：把腳墊高在床上做伏地挺身、吊在樓梯上做引體向上、手裡拿著磚塊做加重量的仰臥起坐以及擴背運動，這些都是住你們家隔壁的中年槍手教的，他年輕時還參加過健美比賽呢。而且，還有一部分是你晚上打工當DVD快遞小弟的結果。

從你們那帶再過去是一整排的工廠，再過去有個市場，位在某個更繁華小鎮的邊緣地帶。市場是建在一個圓環上面，眾多商家當中有那麼一間專賣影片的小店，暗暗的，沒什麼照明，裡頭勉強容得下三名客人同時在內選購，兩面牆壁全都貼滿電影海報，而第三面牆則被一座架子擋住，稍稍擺了些DVD。全部都是以相同的低價賣出，其利潤只不過是市售一張空白DVD兩倍的價錢。不消說，它們全都是盜版。

由於顧客的口味差異甚大，店老闆只保留差不多一百個左右的暢銷品隨時可有現貨供應。不過他了解到每年只有一、兩個人要買的片子全都加起來也是個不小的需求，就在後頭房間裡弄了個高速寬頻專線、光碟燒錄機，還有一個相片品質的印表機。顧客要找的幾乎會是任何一部片，而他就能在當天把東西準備好送過去。

這部分就該你上場了。店老闆把送貨範圍分成兩區。第一區，騎自行車最多十五分可抵達的地方，就用自家的快遞小弟，就是你啦。至於第二區，城裡比那還更遠的地方，還有個年紀比較大的快遞小弟，騎著他自備的摩托車在市區來回穿梭。這人的薪水是你的兩倍，而且他的小費還要多好幾倍，因為雖然你的工作更費力，一看就會認為騎著摩托車的男人要比騎自行車的小子層次高。不公平，也許是吧，但你至少不用為了運輸工具按月繳分期付款給有著嚇人疤痕且恐怖不講理的債主。

你輪的那班有六個鐘頭，晚上七點到凌晨一點，短暫激烈活動之間穿插著長時間的歇息，正因為如此你既練出速度也培養耐力。你也遇到過各式各樣的人，包括不少女人，這些住在豪宅裡的女人單獨在自家門口跟你拿東西完全不以為意，當然這麼說是沒有把盯著看的警衛、司機，和其他待在屋外的僕役算在內，拿了東西之後接著還會問你一些問題，通常是問影音品質，不過有時是想知道某一部電影好不好看。因此，世界各地許許多多演員和導演的名字你都認識，還有哪些片子應該算作同一類可以互相比較，就算是你之前沒見過的演員或導演或電影也成；你在當班的時候就只有這麼一丁點休息時間，店裡剛好放什麼你就看什麼。

漂亮女孩在同一個市場工作。她父親是個惡名昭彰的酒鬼，還是個賭徒，白天幾乎見不到他的蹤影，要老婆和女兒出外把他前一天夜裡在賭桌上輸掉的錢賺回來，或是到了隔天晚上又再輸掉。漂亮女孩在美容院當助手，負責遞毛巾、調配藥劑、送茶、把地板上的頭髮掃走，幫那些要麼很有錢要麼想要看起來有錢的婦女按摩頭、頸、臀部、大腿還有腳。她也拿飲料給在車裡等老婆或女友的男人們解渴。

她下班的時候就差不多是你開始上晚班的時間，由於住的地方相隔沒幾條街，上下班的時候經常會擦肩而過。有的時候遇不到，這時你就會牽著腳踏車走一段路，從美容院前經過，看看她是不是還在裡頭。至於女生那邊呢，好像對影片出租店很感興趣，津津有味地看著一直在換的海報還有DVD封套。她並不會盯著你，不過如果兩人視線交會的時候，她也不會避開。

三不五時，你在上班的途中沒遇到，從美容院窗前走過的時候也沒見著。這種時候，你就會胡思亂想，好想知道她究竟跑哪去了。也許除了美容院沒有營業的那幾天之外，她還有輪休。說到底，這樣的工作安排並非什麼稀奇之事。

某個冬天的傍晚，天色已經暗了下來，你們在工廠之間穿行而過的暗巷裡巧遇，她開口跟你講話。

「你對電影很熟嗎？」她這麼問道。

你下了腳踏車。「和電影有關的事情問我就對了。」

她並沒有放慢腳步。「哪一部最棒？你可以幫我把最受歡迎的那部電影弄來嗎？」

「當然沒問題。」你掉過頭來亦步亦趨地跟在她身後。「妳有播放器可以放來看嗎？」

「我有辦法。別跟著我。」

你就像是來到懸崖邊緣一樣猛然停下腳步。

那天晚上，有部影片從你們店裡無聲無息被偷拿走了。隔天你把它揣在長袍裡帶著走，可是不管是在路上還是店裡，都沒瞧見漂亮女孩。下回見到她已是又隔了一天之後，她的頭巾漫不經心地披著，對你們街坊眾人普遍接受的規矩嗤之以鼻，每回出門在外都是如此同一個德行。她步履蹣跚，拎了個大塑膠袋裡頭裝著電視與DVD兩機一體的紙箱，費勁提著走。

「妳怎麼弄來的？」你問道。

「人家送的。我要的電影呢？」

「在這。」

「放袋子裡。」

你照著她的話做了。「看起來好重啊。我幫妳好了？」

「不用。反正你和我都嘛一樣。瘦得很。」

「我很強的。」

「我可沒說瘦子不強。」

她繼續走她的路，沒再多說什麼，甚至跟你道聲謝都沒有。當天晚上，你整個人坐立難安。沒錯，你和那漂亮女孩講上話了。不過她並沒有對你透露出什麼徵兆，表示她還會想找你說話。更何況，強壯還是瘦弱的爭論早就在你腦裡糾纏許久，所以她的評語幾乎砍到你骨裡去了。

你問道，就算經常在鍛鍊，為什麼你的體形看來根本無法和他參賽極盛期的照片相提並論，這時你那位原本練健美而現在當槍手的鄰居說了，要怪就怪你吃的東西。你並沒有攝取足夠的蛋白質。

「而且你還年輕，」他歪著身體靠在家門口，拍拍自個兒的膝蓋，一個小女孩抱著他的腿不放。「還要再過好幾年才會是你最健壯的時期。不過用不著擔心。你很耐操。不僅是這地方而已。」他拍拍你的二頭肌，這塊肉你暗中使勁在袍子底下鼓脹起來。「我說的是這。」他在你雙目之間彈了一彈。「其他小孩不敢找你麻煩，就是這個原因。」

「不是因為他們曉得我和你很熟嗎？」

他眨眨眼。「那也是原因之一。」

他說的沒錯，附近男孩子之間的街頭鬥毆，你已經打出名號來了。可是這蛋白質的問題一直困擾著你。此時此刻已經算得上是你們家相當寬裕的時期。你姊回鄉下了，少一口需要張羅，而且你和爸爸還有哥哥一樣去上班而有三個人在賺錢，全家的人均收入正是歷來新高。

儘管如此，蛋白質還是貴得買不下手。雞肉在你們家幾乎絕少上桌，而紅肉是只能在大肆慶祝的場合才有機會享用，例如結婚的喜宴，主人要存錢存好幾年才負擔得起。不用說，你的主食是小豆和菠菜，可是植物性蛋白質並不能和動物性蛋白質相提並論。付完欠款並把錢送給急需的親戚之後，你們家只負擔得起每個星期吃一打雞蛋，換算起來就是你媽、哥哥和你每人四顆，還有每天半公升的牛奶，你分到的只能有半個玻璃杯那麼多。

過去好幾個月以來，有個祕而不宣的放縱之舉，你既是深感罪過卻又堅持要做，那就是每天買一盒四分之一公升的牛奶。這花去你百分之十的工資，剛好就是你沒和父親報告的那一點點加薪。你另外購買牛奶的習慣，也差不多等於是你老闆那些顧客願意為你所送去那一片盜版DVD所花的錢，害得你一會兒為了事情如此荒謬而感到氣憤，一會兒又因為竊取家用之舉變得更加微不足道而感到安慰。再怎麼說，整個勾當牽扯到的金額，不過是張塑膠光碟的零頭之數。

下一個傍晚遇見漂亮女孩的時候，你正在思索自己有夠複雜的蛋白質攝取情況。這次她在巷子正中間停了下來，拿出你給的那張DVD，一句話也沒說就用它抵住你的胸膛。

「妳不喜歡？」

「我喜歡。」

「妳可以留著。算是禮物。」

她板起臉孔。「我不想拿你的禮物。」

「抱歉。」

「你有手機嗎？」

「有哇。」

「給我。」

「唉，妳曉得那是上班用的……」

她笑了。這是你第一次見她露出如此表情。這讓她看來小了幾歲。或許應該這麼說，既然她實際上也是小孩而且通常看似要比真正歲數更加成熟，笑容讓她看來就與原本的年齡相稱。

她說：「別擔心。我不會拿走。」

你把手機遞過去。她撥了個號碼，而且在掛斷之前從她袋子裡冒出單一聲鈴響。

她說：「現在我有你的號碼了。」

「而我有妳的號碼了。」你試著配合她冷酷的音調。你學得像不像還無法確定，然而不管怎麼樣她早就走掉了。

因為你的工作性質，需要能夠在你出發送貨期間都可以隨時找到你，你老闆拿了台手機給你。那是台弱不禁風的三手手機，但總是滿滿傲氣的源頭。往外撥的通話費要由你自個負責，所以你只在帳戶裡存最少量的點數。但是呢，今天晚上你滿心期待衝去買了張面額相當大的儲值卡。

不過你等的那通電話並沒有來。而且你試著要回撥的時候，沒人接。

就像皮球洩了氣一樣，餘下的送貨行程你如遊魂般絲毫提不起勁。一直要到輪班快結束之際，已經過了午夜時分，她真的打來了。

「嗨，」她說。

「嗨。」

「我還想要一部電影。」

「哪一部？」

「我也不曉得。之前看過的那部你講給我聽。」

「妳想再看一遍嗎？」

她笑了。同一個晚上笑了兩次。你好高興。

「不是啦，呆瓜。我想要多了解一些。」

「像是哪方面？」

「所有細節。裡頭有哪些人？他們還演過什麼別的？大家講到這部電影的時候都在談什麼？為什麼會這麼受歡迎？」

你就跟她講了。一開始你只講自己曉得的，等講完，而她還問得更多，你就憑個人想像說些貌似成理的內容，而還要再問更多的時候，就放膽變成完全自己發明，直到她跟你說已經聽夠了。

「你說那麼多有幾分是真的？」她問道。

「不到一半。不過保證有某些是真的。」

她又笑了起來。「真是個誠實的小孩。」

「妳爸媽去哪了？」

「問這幹麼？」

「只是好奇他們會讓妳在這個時候講電話。」

「我爸出門去了。我媽在睡覺。」

「妳講電話的時候她不會醒過來嗎？」

「我在屋頂上。」

你想了想這個情況。想像她獨自一人在屋頂上，讓你多少有些喘不過氣來。不過在你想出什麼適當的說詞之前，她又再度開口。

「明天我再拿一部。由你挑。不過要流行的哦。」

如此展開了某個固定的模式，一直持續好幾個月。你們在要去工作的路上見面。並沒有停下腳步或者彼此交談，你不是遞給她一張ＤＶＤ，就是取回一張她才看過的光碟。到了晚上你們聊天。一開始你覺得自己像是教授要講一門並不怎麼熟悉的主題，不過，因為你只拿已經看過一部分的電影給她，至少能夠提供一些自己的見解。很快你就發現她很能幫你補上電影的情節，事實上是把整個故事大綱跟你講一遍。而且你們的討論日趨豐富，有時是更加熱烈。你的電話費應該會相當可觀，若非全部也要耗盡幾乎所有收到的小費，但是她堅持要由她撥給你，所以你一毛錢都不用出。她還堅持你們兩人都不要講自己或自己家庭的事。

漂亮女孩的父親是名受過訓練的速記員，已有一段時間沒去做他抄錄口述的本行，或是有什麼其他受雇於人的職位。他對紙牌和私酒難以抗拒，但在缺錢的狀況下這些都算是小奸小惡。當他老闆，一間小型塑膠瓶製造商的擁有者，把公司賣掉並賞給員工紅利，便開始了無所事事的日子。漂亮女孩的爸爸和即將離開的老闆每天密切接觸，特別受到慷慨的款待，拿了一大筆現金，要比他那微薄工資的整年份還多。從那之後，他再也沒做過事。

如今漂亮女孩的爸爸是大清早才上床睡覺開始一天的生活，差不多是凌晨的時候，然後要等黃昏或更晚才會起來。他想盡辦法從老婆和女兒那要錢，然後就去酒吧，那間小房是由不合法非洲裔移民經營的地下賭莊，就在附近一帶搬來搬去，雖然警察拿了賄賂，每次受到宗教團體的壓力覺得該要表演表演掃蕩賭場，就得被迫換一個地方。他獨自一個人喝酒直到差不多午夜時分，這時賭局也開始了。然後他會和朋友一起前往那間遮遮掩掩的小屋，這群朋友裡有幾位在之前還曾經把他痛打一頓，造成他的左手有三根指頭不能彎曲，賭場就是他們經營的。現在他欠了某位角頭好大一筆錢，那個臉上從來沒有笑容的傢伙絕對不會是他的朋友，而他去賭一方面是抱著希望能在賭桌上把錢贏回來，一方面是害怕如果沒回去賭的話不知會出什麼事。

他的老婆，漂亮女孩的媽，患有嚴重的早發性風濕炎，這病害得她只能去做清潔婦，年紀大了才受環境所迫要投入勞力市場也只能找到這種工作，這讓她痛苦得很，一直無法釋懷。她再也不和丈夫講話，除了偶爾會在巷頭巷尾聽見尖叫聲傳出來，對漂亮女孩也幾乎無話可說，去工作的時候就假裝是個啞巴從不開口。她對著老天爺講話，祈求能夠解脫如此痛苦，而且因為她是在眾目睽睽之下述說，一邊拖著步子走一邊念念有詞，就被旁人以為是有病了。

並不意外，漂亮女孩計畫逃離這個家。她在美容院的薪水比媽媽賺的還多很多，而且她毫不抗拒就把拿到的錢全都交給父母。但那間美容院也為好些沒那麼有名的時裝攝影師提供服務，所以她早就見過世面，甚至也被帶去為一些低成本的拍照幫忙做頭髮和造型。藉此她已經成了某家洗髮劑產品線某位行銷經理的情婦。他說他看得出她有潛力可以當上模特兒，還答應會設法辦到，在此同時還給她禮物和現金。這些現金，漂亮女孩都存了起來，既沒跟父母說也沒告訴那行銷經理，心想這錢代表她的獨立自主。

行銷經理要求身體上占便宜做為交換。一開始是親一親，還要讓他摸。然後就要口交。再接著是肛交，漂亮女孩認為這樣可以讓她保有貞操，實在是出乎他的預料而十分歡欣。但過了幾個月之後，連她也開始懷疑這套邏輯，終於也同意陰道性交。

不管行銷經理曾勾起漂亮女孩什麼樣的激情，如今早已煙消雲散。她的目標是要存夠錢，能負擔一個自己住的地方，這目標現在已幾乎要達成了。她還抱有一些別的希望，但願那行銷經理會信守承諾，讓她能在廣告中露個臉，還要介紹給其他能幫助她一步發展事業的人。但她也沒那麼容易上當，她早就認識好幾位和美容院有業務關係的攝影師，當中不只一人曾經講過，說她的潛力無庸置疑。

漂亮女孩心知肚明，要想進入即使是時裝界的底層，也得跨越重大的文化差異以及階級鴻溝。因此她才對電影有了興趣，才注意到你。但她發現，除了教育性的價值，她還真喜歡看電影，更出乎意料的則是她還相當喜歡跟你聊天。她和你成了朋友，讓她在這個自己所痛恨而你們兩人共享的街坊裡，還能勉勉強強把日子過下去。

不管怎說，她也感受出你對她的情感。她看得出你們在小巷裡擦肩而過時你盯著她的眼神。對於你的情感嘛，她這麼告訴自己，倒是相當不一樣。她懷著溫暖的柔情想到你，就像是自己的親弟弟，當然實情是你們倆年齡相當而且你根本不是她弟弟。而且你的眼睛很漂亮。

沒錯，她曉得其中必定有什麼奧祕。她和你交談的時候很快樂，比其他時候更快樂。她欣賞你身體的線條，還有你的一舉一動。她覺得你的舉止十分風趣。你過度明顯的愛也讓她心動。你等於是一扇門，通往某個她並不想去的國度，不過雖然門內的空間令她厭惡，門本身倒是贏得她某些部分的情感。

因此在她要永遠離開這一帶的時候，撥了通電話給你。打打電話這事一點也不稀奇。不過呢，她說的倒是非比尋常。

「過來我這。」

「到哪？」

「到我們家屋頂來找我。」

「現在？」

「現在。」

「那是在哪裡？」

「你曉得在哪。」

你並沒有費心去否認這件事。你早就從她家門前走過非常非常非常多次。你們附近每個男孩都曉得她們家在哪。雖然只剩一小時就得去當班，你還是一躍而起跳上腳踏車拚了命踩。

你小心翼翼攀爬她們家建築的外牆，從壁面移上窗台再到雨遮，設法別被人看見。你爬到屋頂的時候她並沒有說話，而你出於多次無需對談會面的習慣，也保持沉默。她把你的衣服脫了，要你平躺在屋頂上。她自己也把衣服脫掉。你看著她袒露身體，當她屈膝跪下為你口交之際，仔細玩味她的裸體所帶來的震撼。你躺著一動不動，雙手僵硬地擺在身體兩側。她跨騎在你身上緩緩動著。你見到她身後在空中打轉的飛機燈光，有一對星星穿透這城市的汙染亮著，明亮的夜空襯底，切過數不清的電纜線。她凝視你的臉而你也回望，直到壓力累積得如此強烈以致你得把視線移開。你射出來之前她就抽身，用手幫你弄完。

待她把衣服穿好，淺淺笑著說：「我要走了。」

她的身影消失於樓板下。你連吻都還沒吻過。你們甚至不曾面對面交談。

隔天她就離開了。你去工作的路上沒見到她，在此之前你已心裡有數，你們街坊很快就有小話流傳，說她恬不知恥跟著採花賊跑了。你真是心痛欲絕。你算是那種先有性才有愛的男人。你認為第一次做愛的對象，就應該和那女人長長久久下去。算你好運，對你的經濟前景來說也是好事，她認為第二個男人不過就是排在第一位和第三位當中那位。

有的時候，通往財富的洪流會帶著你走，才不管你是不是往相反方向又踢又划。

有天吃晚餐的時候，你媽說漂亮女孩真是個賤貨。你氣得要命，連蛋都沒吃就出門了，根本沒聽出在你媽嚴厲的責難語氣當中透出一絲的渴望，甚至可說是羨慕。

4/ 避開理想主義分子

自我成長書有助於作者本人的自我，無法幫助你。
所以還是離得遠遠的才好。

理想，超越渺小人類而復原龐大抽象概念裡的意義，其本質當然是與自我作對的吧？因此，順著如此想法，任何自我成長書籍要是宣揚對於某個理想忠貞不貳，恐怕會是個冒牌貨。沒錯，這類自我成長書多不勝數，而且當然，這些書裡有些確實能夠幫助某一個自我，不過往往那種書是有助於作者本人的自我，不能幫你。所以你還是離得遠遠的才好，如果你的第一志願是想要變得超級有錢的話，那更是如此。

自我成長書的道理，同樣不可避免也能用在人們身上。就像是最好能避開喋喋不休叨念理想主義的自我成長書，對於這種人也應該離得越遠越好。此類理想主義分子，多半會以大學為中心聚集在一塊。他們在這能夠找到可以著力的空間，充滿年輕、易受影響，而且具有野心的個體，就好像他們是電玩裡的主角，而非當代亞洲還掛著雀斑不講究個人衛生的青年男女，會這麼衝出去屠龍、打怪的個體，換句話說，就是所謂的小屁孩。

你自個兒曾與大學裡的理想分子為伍，這大半也是預料中的事情。這會兒，你正坐在宿舍凹凸不平的床板上，這間宿舍完全被你們組織的成員獨占，就像是被幫派分子盤據的城市區街。你的舍監一邊講話打包行李一邊聽你講話。他的身形高大壯碩，臉上濃密的毛髮都灰白了，平板的五官就像是位拳擊手。

「在哪？」他問你。

「太空科學館後面。」

「他們有幾個人？」

「四個。一年級的呦，我猜。」

「你很確定那是大麻？」

「確定。」

「我回來的時候處理那件事。」

你們倆都汗流浹背。斷電了，缺少電風扇，普普通通的沉悶房間在大熱天底下烤，就像是個燒柴的窯。蚊子無情地四下猖獗，透過虛掩窗戶上頭年久失修的紗網鑽進到屋裡來。你揮掌擊斃一隻正在手臂上飽餐的蚊子，同一時間，舍監拿了把手槍放進背包，然後把拉鍊拉上。

你父親堅持要你念完中學，即使說你晚上的時間都在做快遞ＤＶＤ的工作，每天早晨都得要掙扎著醒來。他有所體悟，城市裡的規矩是教育程度越高講話越大聲。再怎麼壯碩魁梧，你父親一輩子都在伺候別人，如果這世界是無武裝盜賊的盛會，他早就把那些雇主痛打一頓、綑綁起來，幾分鐘之內就搶個精光。他曉得身為雇主的那些人有兩件事占了上風，是他沒有的東西：一是高等教育，再則就是無所不在的用人唯親手法。後面那項他無法提供，就盡全力要讓至少有一個孩子能獲取前面那項。

然而對於像你們這種背景出身的人，要上大學可不是件容易的事。用人唯親並不僅只局限於最粗淺的型式，要什麼爸爸買給你那種做法。往往會採取較為巧妙的隱蔽法，例如，像是服裝，或口音。即使之前的學業成績足以傲人，而且你從電影裡學來各式各樣個人風格還有矯揉造作，依然掩不住你是奴僕之子。不會有什麼晚宴邀請函等著你去參加，也無法搭著光鮮亮麗的新車上街兜風。就連在大學院校的階梯上和三五舊友一起抽抽菸也辦不到，因為除你之外同校的沒人進得來。

即使拿了官方的補助，你念的這所大學毫無疑問是向錢看齊。只需一點小錢，監考員很樂意對偷看隔壁答案這種事視而不見。多花些銀子，就能找到槍手坐在你位子上幫你寫考卷。再多付點，那連寫都不用寫了，空白答案卷可以神奇地變出頂尖成績。

所以說，你留起鬍子，加入某個組織。你和舍監會面結束快步離開的時候，其他學生都不敢用正眼瞧。不會有好奇的眼光迎向你和你騎的腳踏車，在這幾乎每個人都沒有交通工具只能依靠巴士的校園裡，其實是件不尋常的事才對。都市的熱度，以及都市的雜亂無章，兩者共謀要讓踩腳踏車的本事在大學生之間不受歡迎。但你從之前那份工作就已經習慣這事，況且你很樂於能夠運動運動。

和大多數同學相比，你對念書這事更認真。而且你還更堅定不會輕易心生恐懼，也就因而比那些廢物強得多。你所屬的組織裡，管理階層大多已經三十好幾快四十了，表面上看來，待在大學當學生的時間都差不多和你活過的歲數一樣長。在那方面，你可不想步上他們的後塵。不過你相當珍惜現在這個狀態，有錢有勢的學生以及腐敗的學閥見了你就坐立難安。

你的那個組織，就和任何組織都一樣，是個經濟企業。它所販售的產品是權力。你念的那所大學有差不多三萬名學生。再加上本城周邊的其他機構，這些年輕人要是上街頭的話那可不得了，不被接受的法律、警察、還有言論面對如此武力展示都要怕得打哆嗦。各政黨都想運用校內的支部來操控這股力量，你就是身屬其中一員。

加入成為他們的一分子，你可以按月領到薪水、食物和衣服，還可以在宿舍裡分到一個床位。而且你也受到保護。不僅是防範其他學生，還有來自大學的校方人員、校外人士、甚至是警察來找麻煩。如今，踏著自行車穿街走巷，你心裡明白自己並不是單打獨鬥、窮困潦倒的個人，被社會上的強者掠奪的弱者，腳踏車與汽車發生事故時錯不在你卻還是會挨耳光。絕不會發生這種事，你隸屬於某個更大、更有分量的東西，屬於正義一方。如果去招惹那玩意的話，可說是相當難纏。

騎著騎著，你見到漂亮女孩上了廣告看板。她是在為牛仔褲做模特兒。三個年輕人一組，兩女一男，另兩個成對背靠著背用側面對著觀眾，讓你有個印象會認為這兩人是情侶，而漂亮女孩自個站著，也許表明她是單身吧。這幅巨大的畫像在你心中激起各種情緒彼此衝擊激盪。一如以往，你被她的美貌震住了，而且你很高興能夠又見到她。之前你聽一些街坊流傳的小道消息是說她和跟著私奔的男人已經分了，這麼一來，就表示她現在芳心未有所屬，想到就讓你高興。但你同時感受到一股穿心的失落感，而且你之前可用來找她的那個行動電話號碼在她一離開後就聯絡不上，從此之後再也沒和她講過話，或是親自會面，這更讓你的心情雪上加霜。

漂亮女孩總算成功為自己賺到棲身之所，和一名歌手、一個演員合租了一間公寓分得一房，兩位女性室友的境遇也和她差不了太多。那名行銷經理早已被她拋諸腦後，現在與某個攝影師維持有一搭沒一搭若即若離的關係，這位長髮披肩的傢伙有輛昂貴的摩托車，還被一些人以為是個雙性戀呢。漂亮女孩靠著印刷出版品還有伸展台的工作掙得不錯收入，但是只被當作是成本低廉的代用品，在那一行裡還沒建立起自己的名聲。就在這同一時間，她才剛醒過來，午餐也沒吃，就站起身來口裡叨著根薄荷淡菸，望向窗外看著被塵垢染紅的雲朵三三兩兩飄過。

片片彤雲之下，你從車裡走出來。你爸要你回家一趟，因為你媽感到身體不太舒服。你姊又再度懷有身孕，所以沒法過來，但你哥和大嫂已經到了。你母親喉頭不明顯的凸起讓她感到很沮喪，為之心懷芥蒂。

「要不是有點胸部，」她說了，「每個人都會以為我是隻癩蛤蟆。」

即使身體狀況不好，她眼中的凶光並沒有稍退。很不幸，之前拖得太久了。你母親原本健壯的身體使她對各種症狀都不以為意。然後，有個在賣草藥粉的鄰居，又這麼吃了好幾個月，絲毫未見好轉。接下來一直去看的那位所謂的醫生開始了療程，直到某天不小心被你發現實際上是怎麼一回事，給的藥完全只是生理食鹽水加上止痛劑，這才戛然而止。

你父親去找過現在雇用他那一家的女主人，這位原本一毛不拔的孀婦在丈夫過世之後開始熱心投入慈善事業，而且她同意幫忙，安排去某間私人醫院。

女主人坐著車來到你家門口。她並沒有下車，也沒打開車門。她沒有把車窗搖下來。你媽和你嫂子一塊和女主人坐在後座，你爸則是在前座。你和哥哥另外搭巴士過去，到醫院的候診室會合。

「他們來這幹麼？」老婦人問你爸。

「這是我兒子。」

這話講了好像也沒什麼幫助。

你父親接著說：「這位還在念大學。他可以聽得懂醫生在說些什麼。」

老婦人看著你上下打量，連那把鬍子、你的穿著打扮，全都盡收眼底。她又再對你父親講：「只有一個人可以進去。」

「就他，」你父親說著，指的就是你。

醫生是一位體形渾圓，嚴肅的女子，約莫和你母親年紀相當。她依據檢查結果做出診斷，隔一個星期後再來第二次所做的測試，也證實了是乳突性甲狀腺癌。她解釋，這病如果早期適當治療是很有機會能夠痊癒的。至於你母親的狀況嘛，早期治療的時機已經錯過了，不過手術切除甲狀腺還是有希望。

「這要花多少錢？」女主人問道。

「包括藥品、麻醉劑還有休養恢復是嗎？」

「不住單人病房的話。」

醫師說了個數字，要比你父親一整年的薪水還多。

「如果不動手術的話呢？」女主人問道。

「那就沒救了。」

女主人琢磨了一陣。你看著你媽。她直直望向前方。

「好吧，」女主人說了。

醫生把她長袍口袋裡出聲響著的手機按掉。「接下來還有一些持續性的治療。荷爾蒙，電療。」

「那就要靠她家人了。有沒有可能光靠手術就會痊癒？」

「是有可能。」

「那好。」

「不過這算是到了後期的情況。通常我們還會在之後給予放射性碘劑，接著再……」

「請把這整個過程解釋給她家人聽。」

醫生來到外頭，把狀況再重述一遍。你爸不時看著你，每回你都對他點頭示意。他淚流滿面，感謝女主人答應幫忙出手術費。他露出笑臉，眼睛不停眨啊眨的，輪流換著腳站。他一再對著女主人低頭鞠躬，乍看之下還以為是某種神經性的痙攣。從小你就沒見過他在哪個雇主面前是什麼樣子。看他這副德行真讓你心裡難過。

但你主要還是被母親的表情驚嚇到。直到現在她都完全拒絕相信自己並不能很快回復健康。

「不會痛的，」你小小聲對她耳語。「他們會讓你睡一覺。」

「我都生過四個小孩了，」她也小小聲回答。「痛我還能忍。」

你笑了，但那只是短短一瞬間，因為你看著自己母親才理解到她至今首度認清這病會要了她的命。

你和父親之間的關係已變得有些緊張，他既不滿意你留了鬍子，也不認同你加入的那個組織。但在接下來的日子裡，他變得極度依賴你。他看著你聽護士講話，或和藥劑師說話，或填寫醫院裡的表格，那態度已經有所不同。他並不善於言詞，但當你還小的時候他還會用身體的動作來表達，而且他轉而用那種模式溝通。他會和你勾勾肩。他會拍拍你的背。他會抓抓你的頭髮。這些動作讓你覺得很棒，即使說做這些行為的人已經變得比你還要矮了。

你媽撐過手術完成，就送回家裡休養。她的地位不復以往，為此大受打擊，就像是士兵已經中彈，可是還沒見到哪兒流血。她的身體在手術室歷經一場大災，變得很虛弱；而且因為甲狀腺被切除，還有脖子有好大一部分都受牽連要把淋巴結摘除，講話變得很困難。她就這麼在疑惑當中被解除武裝，一併失去了體能活力還有強而具威力的舌頭，還有點力氣的時候會大發雷霆，甚至有時會鬧脾氣。

你的家人都堅稱說一切會好起來，不管有沒有做電療都一樣。你假裝同意這個說法，不過你也決定要去找舍監尋求協助。他才剛從外面回來，不在這的期間是去哪了還是個謎；而且你發現他在自個寢室裡，穿著破襪子斜躺在染了汗漬、光溜溜的床墊上。

「我需要用錢，」你說道。

「這樣打招呼真怪啊，小兄弟。」

「對不起。我媽病了。」

「你要多少?」

你把那數字說出來。

「我懂了。」他慢條絲理撫弄著下巴。

「我知道這不是個小數……」

「好大一筆。不過我想應該可以幫得上忙。」

「謝謝。」

「你得要帶她到我們的診所去。」

「我們的診所?」

「沒錯。」他看著你說。他應該是悲憫地露出微笑,但臉上依舊沒什麼表情。之前你見過他這麼笑,是在把某人鼻子打斷之後。

「她之前是在一家私立醫院接受治療。那相當不錯。」

「我們的診所也都相當不錯。她生的是什麼病?」

「癌症。」

「我會打幾通電話。弄清楚她該到哪間診所。叫他們先準備好。」

你很清楚這沒你說話的餘地。

每天到了晚上你就騎腳踏車回家，陪著父母親一直到他們該就寢的時刻。你不想讓他們多花錢幫你張羅吃的，所以你還是住在外頭宿舍搭伙，再說，你在那組織裡的身分等於是一種職業，就算是只拿了些許微不足道的數目，也還算是件工作，會有人評估你的表現。現在你更應該讓大家看見你有認真做事。你參加會議，閱讀組織的文獻，還要眼觀四面耳聽八方，依循指導行事，但你的思緒很快就飛到你母親那去。

那星期稍晚，你運氣夠好又逮到有一幫學生偷偷摸摸躲在太空科學大樓後的小屋裡抽大麻。你通知高層，他要你帶路去現場抓人。你們一起走著，舍監很愉快地四處張望，看著紫紅頭綠鸚鵡聚集在樹梢唱歌。你覺得他好像把槍帶了出來。

他和那些在哈草的傢伙打個招呼。他們有五個，而你們只有兩人，不過他們看來十分害怕。

「這樣做不對哦，兄弟們，」你的長官這麼說。

「你說什麼？」其中有個人問道。這是個瘦瘦高高的傢伙，蓄留著落腮鬍還在下巴留了一小撮短髭，身上穿的T恤表明他性喜重金屬搖滾樂。

你的長官輕輕拍他臉頰，用同樣的語氣接著講：「那些藥可碰不得。它們會讓你變弱。你們都是聰明小孩。你們應該很清楚才對。」

全部五個人都點頭如搗蒜。

你的長官兩手一攤。「不會再犯了吧？」

眾人都向他保證絕對不會再犯。

隔天你的長官把診所的詳細狀況跟你說。它就位在城外，至少是目前大家所認為的市區之外，然而從大城通往外地的公路就像是八爪魚的觸角一樣，沿線都已經都市化了。你和你媽搭巴士過去。那診所是間矮房子，和一旁拜拜的場所占地差不多，但還沒那麼高。來這的病患都是窮人，而且裡頭既無電腦又沒有空調，也不像那間私人診所那樣窗明几淨。

你們去見的那個醫生很快做了檢查，看看檢驗報告，然後搖搖頭。「我們幫不上忙，」他對你說。

「你們無法治療癌症是嗎？」

「看情況。我們是用手術。但是我們不做賀爾蒙治療或電療。」

「那我們要怎麼辦？」

「祈求老天幫忙。這你們也無能為力。甲狀腺已經摘除了。說不定這樣就能痊癒。」

你媽一直都保持沉默，她和醫療專業人士的互動一向如此。他們有此能力讓她有這樣的舉止，真是頗不尋常。這些人今天講的一些難解之言，就能將她的未來一舉抹除，使她喪失信心，而你媽本來是習於自信滿滿的人，並不喜歡這種感覺。她好想起來反抗，卻不知道該怎麼做。

有一段時間，你媽的病情看來既沒有特別好也沒有特別糟。手術的傷口癒合了，在保護用的紗布掩蓋之下，形成暗色皺褶的疤痕。她堅忍承受頭疼，多半是不願承認，但眼神中透露出的不舒服難以完全遮掩。她也會出現肌肉抽動的現象，頭巾底下一陣一陣小小騷動，就像是池面下有魚在搶食。你在大學裡的電算中心上網做過研究，認出這些症狀是由於缺乏甲狀腺素所引起。

到最後，你爸還是去找他老闆尋求更進一步的協助。但女主人向他解釋：人生就是一連串的病痛，她已經多事救了他老婆一條命，還花了筆可觀的費用，而且也達到效果成功了，但可不能一而再再而三總是找她，沒完沒了，她又不是黃金打造的，說到底，就她所知，有些事情要看你的命，我們可以努力，但命終歸是命，所以說他和家人當然要盡力而為，因為那是身為家人該盡的責任，要理解她所提供的協助早就超過一般人的合理期待。

接下來幾個月，你媽承受極度的痛苦，癌已經轉移到她的骨頭還有肺部。這還伴隨著外觀以及個性的轉變。她為恐懼所困，不願放棄地依戀著生命，而且能夠有個善終的想法也沒能成真，兩者都出乎她原本所料。缺乏現代的緩和醫療照顧，她在死前歷經極度痛苦，只能在最後兩星期偶爾用你哥哥在街頭買來的海洛因稍加紓解，由你父親把藥加在細長帶有濾嘴的女人用香菸裡，讓你母親喘著氣努力試著吸上幾小口。

你姊從鄉下過來撫慰她的痛苦。之前這兩個女人都沒想到過你姊會是母親最鍾愛的孩子，那應該是你才對，但在這種時刻，你媽多半還是自然而然要去找你姊，也許是因為她是長女，或者因為同樣身為女人，或是因為你姊是孩子裡頭唯一當了母親的人，你媽在自己女兒身上認出自己母親的點點滴滴回憶，在她還是個小女孩的時候，眼中的媽媽就和你姊這時的年齡相仿。她臨終的那個瞬間，你姊握著母親的手，她就像個由水生轉變成陸生奮力吸那第一口氣的嬰兒似的，不過這會兒方向相反，現在她的肺灌滿了液體，再也沒法換氣。

你和家族裡的男性成員把她用白布裹著的遺體扛到挖開的墓穴前，你很訝異她居然是如此輕盈。她由鐵石心腸演進成一瞬即逝的脆弱狀態，速度之快，變化之奇，幾乎令人目炫神迷。人們獻上玫瑰，燃起薰香，擺出要給神明的供品，死著已矣，生者繼續過著原來的日子。

在大學，你們組織裡的人要你別太過悲傷，或是說時候到了就要放下。他們說，如若不然，那就是抗拒命運的安排。他們反而要你把全副精神放在你答應要做的工作，把同學當成是真正的家人，還要藉由組織的行動實現你的使命，就像你母親完成她的使命一樣。可是這些建議聽在你耳裡真是老套而且毫無吸引力，更何況在你目前只想到自己又滿懷憂愁的狀態下，組織所提供的那些食物、服裝還有歸屬，以及它所宣稱能夠提供的保護，你的興致已大幅減少。

高層開始盯著你，然後要同學裡他信得過的那些人也要盯著你。他頗為不爽你的漫不在乎毫無生趣，不爽你在談話還有開會時摻入的嘲諷氣息。你小心翼翼絕對沒有故意冒犯他，但他注意到你在以為不會被聽到的時候開始施展負面影響力。用不了多久他就收集到足夠證據，能夠給你嚴厲的懲戒，而且，以他反覆無常的脾氣，可能令人相當痛苦，但當他派出代理人要帶你過去的時候，你早就不知上哪去囉。

你爸深受你媽過世的影響，但已經拒絕跟你姊回鄉下，或是去你哥那住上一陣子。他反而是繼續他的工作，早晨到女主人的住處而在夜間回到家。當你搬回家和父親同住的時候，並沒有想到要一直待下來，但隨著光陰流逝你並沒有表現出想要重拾課業的樣子，而且過了一陣子便開始找工作。

某天下午，當你騎著自行車去尋求工作機會的時候，在紅燈前的一輛小小破車裡頭，瞥見一個你自認為相當熟悉的面孔。你上前瞧個仔細，十分確定那位就是漂亮女孩。她坐在駕駛座上，一個人，剛拍完照回來，臉上一副濃妝。你笑笑揮手打招呼，但她並沒有看見，或是說即使她見到了也認不出來是你，燈號一換，就往前猛衝自個兒走掉了。

也許並不是當天晚上，不過絕對是在那個星期，你在家附近的路邊坐了下來，請一位用指甲花染了頭髮的老先生用他那把鋒利的剃刀總算把你的鬍子剃了。

5／跟著師父學習

每一個成功的企業家都曉得，
有許多技巧是學校無法教的。
什麼都比不上跟著一位早就把眉角摸透的人學習。

若想發揮功用，自我成長書需要兩個東西。首先，書中提議的成長之道要能有所助益。這道理顯而易見。至於第二項，前面第一項少了這也沒法實現，那就是本書所要協助的那個自我大概曉得他們是有什麼需要幫助。換句話說，為使我們的合作能見效，你應該有充分自知之明，了解你想要的是什麼，想往哪裡去。再怎麼說，自我成長書是個雙向道。關係至上。老老實實，捫心自問以下幾個問題。變得超有錢是否依然是你心中超乎一切的目標，你唯一且最終的目的，就像迷霧裊繞的高海拔産卵池對於你內在那隻溯源而上的鮭魚，是個終極嚮往的所在？

在你的案例當中，很幸運，似乎正是如此。因為你過去幾年有採取必要的下一個步驟，跟著大師學習。每一位成功的創業家都曉得，有許多技巧是學校無法教的。那得要實做。有時要做一輩子。而且如果談到的是賺錢，要從露天放屎這等貧窮升級成為家裡好幾套衛浴那般富裕，什麼也比不上跟著一位早就把眉角摸透的人學習，可以把所需的時限壓縮。

你拜倒於其膝下的師父是位中年男性，長長的手指宛如藝術家，如猿猴般的茂密耳毛讓致命的鼓膜寄生蟲難以靠近。他習於微笑卻不易開懷，雖然枯瘦的前臂皮膚已見鬆弛，肌腱仍然保持柔軟有彈性。他有好幾輛二手車，沒有哪部是大得引人注目，而且大夥都習於見到他獨自坐在後座，認真讀報，而讓司機還有眼神銳利的保鑣坐在前座。他自己不會開車，發財發得晚又突然，不過他擁有其他足以補足而且更加有用的才能，尤其是超級的數字感以及對於字體的敏銳感受。

這會兒他坐在工廠內一個小小無窗的房間裡，這原本是幢裝飾藝術風格的別墅，被偷偷改成製造廠房，其圍牆為求隱密而築得老高，就和相鄰的私人宅邸沒什麼分別。即使是這麼成功，或者你的推論是因此才會如此成功，算錢的時候他要親自監督。

你們排著隊，一個一個按著順序，每個人的口袋塞滿鈔票，還有一大堆便條紙載有幫助記憶的潦草塗鴉，難以辨識幾乎等於是無人能解。等他的記帳員點頭示意要你上前，你就得把自己那份交上，並口頭報告你的最新進展，兩者都要和過去的數據還有存貨紀錄對照查核。

「銷售有增加，」你下了結論。

「每個人都一樣，」會計毫不留情地這麼說。

「我的銷售額比大部分人還更多。」

你老闆提到某位客戶的名字。「上個月你說他覺得鮪魚不好賣。」

你點點頭。「他之前是這麼說。」

「怎麼變了？」

「我免費給他幾罐不用錢的。」

「我們的商品不是拿來送人。」

「錢我出。算我個人帳上。」

「我懂了。然後呢？」

「他那幾罐都賣掉了。很好賣。這會兒他賣得可勤呢。」

記帳員把幾個數字輸入手提電腦。你師父對結果多所挑剔。他咕噥了幾句，記帳員把你繳上的鈔票拿出一小部分退還給你。這就是你的所得，算法是把理論上的固定薪金加上某個百分比的抽成，還有一筆激勵獎金是依照師父覺得生意是好是壞以及你在這當中的貢獻度而定。你把那整疊鈔票塞進口袋，一邊估量著厚度還有花色，揣度總數大概會有多少錢。之後再仔細算。

你正打算離開的時候，師父說要順路載你一程，這要求頗不尋常而令人擔心。你跟著他上了車，他一邊指示駕駛要開到哪，一邊掏出手機撥電話。他的保鑣靠後照鏡盯著你的一舉一動。

你師父用鄉下土語講電話，不過他還以為你是城市人，不曉得在你耳裡聽得一清二楚。不過呢，就算是你師父曉得這點，他也無所謂。他用土語講並不是為了要保持隱密，而是因為這樣可以讓和他通話的供應商放鬆心情。之前，你師父是在形成大城市經濟腹地的那些小鎮混跡，他如變色龍般隨著環境說話的本領往往為他帶來極大好處。如果他是那種會為了這種事而感到驕傲的人，大概會以此為傲吧。不過這方面他非常實事求是。

你安安靜靜坐著，師父長篇大論談到庫存變動以及送貨日期。車子往城市外圍開去，經過大規模中產住宅開發案所掘出的泥巴和成排土堆。一列列電桿拔地而起，各自處於不同完工階段：有的還是只光棍，有的已拉上繃緊的電纜，偶爾還有些電桿的線路斷了垂落在地。

你師父掛掉電話，問你對某位同事的看法如何。

「我覺得他不賴，」你說。

「最棒的嗎？」

「算吧。」

「他是不是偷偷摸摸瞞著我搞鬼？」

每個人都在搞鬼，多多少少。不過你說：「他沒那麼笨。」

「他今天到哪去了？」

「我沒見到他。」

他嗤之以鼻。「你見不到他了。」

你師父的直白口吻，感覺上就像是鋒利的刀刃劃過。

你忍住不讓語氣有所變化。「是的，老闆。」

「你懂我的意思吧？」

「我懂。」

車子停了下來，你師父示意要你下車。你下了車定住不動。你可以想見保鑣盯著你的後背。你不敢輕舉妄動，雙手露在外面讓人看到。直到車子開走你才轉過身來，頂著熱氣站在大馬路邊，等巴士經過。

回程的路上，你被一位超重而顯然是十分富裕菜農的肥大身軀擠著緊靠車窗，他們家族最近才剛開始把共同擁有的土地賣給某間打算擴建倉儲空間的冰箱裝配廠，自此以後接二連三賣地而暴得豐厚利潤。他戴著鍍金的手錶，三只厚重的金戒指鑲有未經切削的紅寶石，透出如血塊般的暗褐色澤。他還沒能擁有一輛私家車。不過那狀況當然是會變的。

你那座城市極大，全球有超過半數的人口住在這種地方，每隔幾個星期所增加的人數就等同某個小型沙灘熱帶島國的全部總數，這些人並不是划著浮架獨木舟或張著大三角帆的獨桅船來此，而是靠雙腳和腳踏車和小摩托車和巴士前來。附近正在建設一道專用的環狀線，形成一條腰帶穿過早就開始臃腫起來的郊區，從此升起跨出往四面八方散開。你坐的巴士順著這些高大紀念物的陰影疾駛而過，如此灰撲撲的簇新動脈滋養這個城市，而這龐然大物只不過是新興亞洲的體內好幾個此類活跳跳器官之一。

你還沒到家，天已經黑了。你用肥皂洗淨身體，用個塑膠桶從幾乎出不了水的水龍頭接水，然後套上黑長褲、白襯衫，還有夾式領結，這些都是在外燴公司當差的同學幫你準備好的。你既興奮又緊張，但從摩托車後視鏡裡見到自己的模樣還是頗為得意，想到你的這身打扮代表了財富和階級。

你的同學按原定計畫在私人俱樂部門口外和你會合，今晚會在它廣闊的草坪上舉辦一場流行時裝秀。你們倆都接受身著制服的守門人用圈狀金屬探測器掃描，看有沒有攜帶武器，然後就依例放行。你身上這件襯衫小了半個尺寸，喉頭的部分有點過緊，吞口水時磨得不太舒服，但你並沒有太過在意。你的心思全都放在漂亮女孩身上。

你無法進入伸展台所在的大廳，所以就在之後慶功宴的會場等著，或其實算是招待會，真正的慶功宴，預定是當天稍晚要在設計師自宅舉行，這你可一點都不曉得。在那第二間亭子裡設好臨時的吧檯和桌子，還有絨布面、半隱蔽的沙發座，你左手端著一盤飲料，在其中漫步而行，希望她會出現，一定有人注意到這實在可疑，因為你之前從來沒做過這種事。

漂亮女孩如今在她那行已算是小有分量，即使說，在那個對於體形偏好是越少越好的專業當中，用「小有分量」來形容是有點怪怪的。她並不是一位頂尖模特兒，但在攝影師、設計師還有其他模特兒，以及塞滿照片的當地報紙周末副刊的讀者之間小有名氣，你一直以來都想要見她，因此也經常算是那群讀者的一分子。她賺得夠負擔一間屬於自己的公寓，一部樸實但可靠的汽車，還有個傭人同住負責做飯，這也就是說她的收入和同年齡的理財專員一樣多，而且說不定是你賺的兩倍，這還沒算她那一大堆頻繁更迭之愛慕者所送的禮品。

這會兒她走了進來，身邊跟著其中一名追求者，英俊但大器晚成而極度沒安全感的紡織業大亨之子，她領著兩人一塊低調前進時還設法保持著下巴對齊水平面與地板精確平行，因而造成一種效果，正是這幾年來廣受模仿的高傲肉感。

你不曉得要怎麼引起她的注意，有好一陣子你覺得陷入絕望，這次冒險真是蠢斃了而且注定會失敗。但她如同往常一樣警醒，儘管表現得沒什麼，她已經注意到某個快三十歲和這場合格格不入的男人看過來的目光似乎有點眼熟。她一眼就認出你來。把同伴丟下，她往這靠近。

「是你啊？」她問道。

你點點頭，擁抱間全身是汗。她全身壓靠著你，害你有些尷尬，這可是在大庭廣眾之下，但也令人感到無比興奮。她當著這麼好幾百人面前在你臉頰親了下去，一時之間你還以為這女孩還是你的人呢。

「我真不敢相信，」她說道。

「難以置信。」

「所以你現在是當待者嗎？」

「啊？不，我只是……這我借來的。」

她笑了。

「我在做生意，」你解釋道。

「聽起來很神祕嘛。」

「老實講，就是在賣東西。我賺了不少錢。」

「聽你這麼說我真高興。」

她四下望了望。你們倆已引來頗為可觀的興趣，模特兒和待應生聊得這麼開懷實在不尋常，而且還因為你一直幾乎要把手裡托盤的飲料灑出來，顯然你拿著這東西是百般不願意。漂亮女孩並沒有因為如此引人注意而心生不安，但她意識到你們兩人之間的社會差距，還有她同事和客戶心裡可能開始冒出的各種疑問。

「這樣吧，」她說，「把那東西放下跟我來。」

她帶你到另一個廳，穿過已人去樓空的伸展台，從後台的入口出去，對著把你攔下來的保全人員搖了搖頭。你見到一小撮時尚圈的人士，她對這些人揮揮手打了招呼，但除此之外，你們兩人就是單獨處在夜空下。她點了根菸，上上下下打量你。

「你長大了。」她說。

「妳也是。」

「你還看電影嗎？」

「沒那麼多。偶爾吧。」

「我迷得要死。每天晚上我都看DVD看到睡著。」

「每天晚上？」

她揚揚眉毛，高深莫測地笑笑。「也不是每天晚上。很常就是了。一個人的時候。」

「我和我爸住一塊。其實呢，是他跟我一起住。但我現在有自己的地方了。」

「你結婚沒？」

「沒有。妳呢？」

她笑了，「沒有。我可不確定自己是不是男人想結婚的對象。」

「我就會啊。」

「你人真好。我的意思是，男人不應和我這種人結婚。」

「為什麼不？」

「我會變。」

「每個人都會變。」

「如果我變了，我說變就變。」

「我曉得。妳想離開那一區，妳也辦到了。妳可出名了。」

「那你呢？」

「我想要當有錢人。」

她又笑了。「就這麼簡單？」

「沒錯。」

「好吧，你成為有錢人的時候要通知我。」

「那當然。不過我已經把妳的電話號碼弄丟了。」

她告訴你號碼，你用自己的手機撥，等鈴響就掛掉，然後把她的名字存起來。

「唉，」她說，「我得回那裡。」

「我會再打電話給妳。」

「我曉得。你好好保重。」

她又在你臉頰上親了一下，手靠在你的後腰凹處。你感覺到她的乳房壓著你的胸膛，然後她就走了。

當漂亮女孩回到那個場合，她發現自己沉著的表現因為和你相認而在不知不覺間有點減損。你就像是個活生生的記憶，而她，那麼心懷抗拒不願想起，卻被你攪得心神不寧。你講話的神態，即使自從你們兩人分開之後十多年以來已經有所變化，依然還帶有她也曾用過的那種音韻，更超乎音韻的是那些觀點，她曾經所屬那個社區的見識，那社區她很高興能夠從中逃離而並不想回去，即使是一下子，即使是路過而已。她試著要把心思放在身旁的同伴，那位紡織業大亨的子嗣，但她一開始就糊裡糊塗的，無法完全回到現實，這讓她警覺到得刻意而且一股腦地把心中盤據的想法全都徹底清空。

那天夜裡你就撥她手機，但沒人接。隔天你又試了，結果一樣。同一個星期內過了幾天之後，你和她聯絡上了，但她心不在焉，忙著準備去拍照。之後有幾次，你設法和她講到話，能稍微聊上一聊，但是你提議要見面的時候她總是說沒空。你大為不解，一直在想要怎麼進行下去才好。你對女人所知有限，但你對賣東西頗有心得，而且在這個例子裡你想都想得到應該讓客戶來找你，不然你的商品就完全貶值了。你只有等。而且她真的會撥過來。倒沒那麼常打。甚至每個月一次都不到。但有的時候，而且通常是在夜裡已很晚的時候，當她看完影片之後，而且講話的聲音裡充滿了睡意，說不定還有酒精，會靠在床上的枕頭輕聲細語和你講上幾分鐘甜言蜜語。她並沒有邀你過去，或提議要在別的什麼地方碰面，但她和你還有你的生活保持聯繫，而這有時相當讓人痛苦地讓你抱著一絲希望。

在工作上，你加入爭奪前任同事客戶的戰局。有個可能目標抵抗你的進攻，但你早已把堅持到底的原則內化，因此下一季又回去拜訪。那男人開了間店面，就在一座頗受人景仰的墓旁，那原本是個相當受歡迎的住宅區，如今白天交通打結而夜裡瀰漫著大麻菸的氣味。

你騎著摩托車而來，側背包像彈帶一樣斜背在胸前。你的目標坐在收銀機後方。

「我沒興趣，」他說。

「之前有啊。」

「原來那人怎麼了？」

「現在換我做。」

「我不信任他。」

「那你應該很高興才對。」

「我也不信任你。」

他對著夥計大聲嚷嚷，那傢伙撞翻了一整落的盒裝早餐穀片。你瞄瞄貨架。架上雜亂堆了些進口的還有國產的商品，主要都是些食材，不過也有清潔用品、電燈泡、香菸，還有出乎意料的一組兩台冷氣機，尚未拆開包裝。

你對那冷氣指了指。「這你也賣？」

「那是用過的。有這需求。」

你把側背包打開，慢條絲理取出五、六個瓶瓶罐罐輕輕扣在他的櫃檯上。「鮪魚。」扣。「湯罐。」扣。「橄欖。」扣。「醬油。」扣。「番茄醬。」扣扣。「荔枝果汁。」扣。「全都是進口的。」

「這些我全都有了。」

「我知道。就因為這樣我才要拿出來秀給你看。出個價吧？」

他一臉嫌惡地看著你。「你說說看。為什麼你們賣得比較便宜？」

「我們是大集團。」

他嗤之以鼻。「你也配？我清楚得很。」

「我們老闆和海關有些門路。他可以把東西運進來不用繳稅。」

「其他人也是這樣做。」

「你怎麼不想多賺點？」

「因為我不喜歡自己都不了解的優惠。」

「又不是偷來的。」

「我不會買。」

「真的，不是偷來的。」

「你以為我是聾子嗎？」他吐了一口唾沫在你面前的地板上。「滾開。」

「用不著……」

「滾開，骯髒的混帳東西。」

你盯著他看，打量他那微凸的大肚腩、薄而小的嘴，還有瘦弱、似乎可以擰斷的手腕。但也注意到，他保持著右手放低，在櫃檯下，隱密之處。而且你感受到顧客開始注意，他的夥計在店門口徘徊，路過的人們停在外頭逗留。在這種不確定的時代，暴民很快就會形成，而且暴民毫不手軟。你待在原地不動站了一會兒。接下來你把怨氣吞了，貨樣收收，一句話也沒再說就轉身離開。

「你的詭計我全都曉得，」店主人在你身後大聲叫嚷。

你騎著車穿過寂靜、霧濛濛的黃昏回家去，試著不去想這件事。你的成本低，那是因為你師父最近用微乎其微的價格收了一批過期產品，把包裝上的有效日期抹掉，又再另外印上之後的日期。這並沒有乍聽之下那麼容易，要把油墨不留痕跡地移去得用好多技巧，而且在打印時還要特別留神。大多數的產品原來就有其安全容許度，而且在城市裡存貨的周轉率通常相當高，所以吃了你賣的那些東西多半風險有限。你只不過是增進市場效能，確保若非如此就要被浪費掉的商品以低價找到買主。你還沒聽說過有誰因此而丟了小命。

你的工作和你父親的小生意差得十萬八千里，但即使你有所顧慮，倒不考慮要和他換立場，至少別在他做得正起勁的時候，那時他高高興興來回於雇主的宅院而且健康良好，但現在可不一樣，他很容易累，在廚房裡待不了一個鐘頭。他找到一份工作，是為一對從國外回來的夫妻服務，他們不喜歡家裡有傭人。每隔一天，他大清早就氣喘吁吁地趕去他們家，那時他們已經出門去上班了，把兩天份的晚餐煮好放入冰箱，然後中午前搭公車回家。下午還有隔天，他休息養精蓄銳。

你們倆搬去一間稍微大些的住處，你還跟父親說他不需要再去賺錢了。但他並不希望成為負擔，而且再怎麼說他覺得人天生就應該有個工作。如果能夠的話，他會照你的話做，但他無法。

你父親心碎而痛苦，不僅是字面上來講，這也是個比喻。他萬分想念你的母親，在她過世之後比在世時更加的思念。而且他的基因，還有幾十年來他在有錢人家裡所準備所吃的高膽固醇飲食，兩相結合已經害他反覆出現心絞痛。對他肌肉組織所造成的傷害已不可逆轉，而且，雖然真正會痛的發作期很短暫且不頻繁，他胸悶、喘不過氣來的狀態如影隨形。

他的信念堅定而乖僻，這就展現於祈禱、去廟裡參拜、宗教音樂、寫在紙上並戴在身上當護身符的神聖咒語。這一切都讓他心安。他害怕死亡，但沒有過於恐懼，此外他等著有機會能和所愛的人重逢，就像有些年輕女孩子等著失去童貞，惶恐害怕還比不上期待呢！

你發現他躺在床上，用電池聽著收音機傳出細微但具有靈性的語調，因為電斷了，你的電視機也不能看了。他裹著一條披巾，不顧現在的酷熱，額頭微微滲出汗來。你給他倒了杯茶，坐在他旁邊，他拍拍你的手，長滿繭的掌心像皮革般，柔軟得出奇。他喃喃為你祈福，幽幽呼出氣來，肺部一緊，把對你的期許全都一吐而盡。

6／為自己工作

勞動的果實是甜美的，
所以，屬於你的就別分享，
只要有可能，只取他人的來食。

跟所有的書籍一樣，這本自我成長書是一項合作計畫。當你看電視節目或是電影的時候，你所見到的東西就像是它實際該有的樣子。男人就像個男人，二頭肌壯碩的男人就像個二頭肌壯碩的男人，而壯碩二頭肌上刺了「Mama」兩字的男人就像個壯碩二頭肌上刺了「Mama」兩字的男人。

但是如果你讀的是一本書，你所見到的是化成紙漿的木頭上黑色扭曲糾結的東西，或者，越來越多是在灰濛濛螢幕上的暗色像素。要把這些圖像符號轉換成人物還有情節，你得要發揮想像力。而且當你想像的時候，你是在創造。書要在被閱讀的時候才成為一本書，而一百萬次的閱讀每回都讓這書成為一百萬本不同的書之一，就像面對拚命力爭上游活力旺盛的一群精子襲來，一粒卵子就成了一百萬個不同可能性當中的其中一人。

讀者並不為寫作的人工作。他們是為了自己。在書裡頭，若你能諒解那顯然偏差的論調，自有閱讀的豐饒趣味。而且在書裡，還有線索指向別種豐饒趣味。因為如果你真想在新興亞洲變得超有錢，這我們似乎已能確認你是這麼想了，那麼遲早你得要為自己工作。勞動的果實是甜美的，但從個人的觀點來看它們並不特別能把人餵飽養胖。所以，屬於你的就別分享，只要有可能，只取他人的來食。

以你為例，你已經創立了一個小小事業，聲勢浩蕩經濟大軍中最賣力的一員，也就是銀行和政府官員口中的中小企業。你利用之前和父親一起住時租來的兩房屋子做起生意。父親還在世的時候，兩房的居住環境被你看做是努力爭取而來的奢豪享受。如今，要不是合乎你們公司的需求，兩房讓你覺得真是浪費，而且令人不安，因為即使你是個三十好幾的中年男性，你一直要到這陣子才遇上整間屋子只有一個人的那種寂靜，而在情感上你對此嶄新局勢困惑不決，就像是水手在海上多年一旦上了岸那樣，搖搖晃晃無法安定。

這時正是幾近黎明的前一刻。你獨自坐在父母之前睡的床鋪邊上，聽著性活動過度頻繁的鄰居雄雞在牠屋頂上的籠子裡得意地哦哦啼，要把腦裡的夢全都抹除。你吃早餐的小攤掛著行銷全球的飲料公司商標，你在那喝茶、用手抓雞豆泥吃。身旁有很多人都認識你，大家點頭表示打招呼，但你並沒有動念想要和誰聊天講話。一個都沒有。你的心思都放在當天該做的工作，而且你嚼著早餐的時候根本就沒注意到腳邊拴了隻山羊，帶著滿滿自信，白閃閃的前額，或打鬥留下的傷疤，腳趾頭那麼長的甲蟲往誘人的死貓屍體迂迴前進。

你利用多年來推銷改標過期食品所建立的零售商聯絡管道，開始做起瓶裝水生意。你們城裡不受重視的眾多管線到處裂縫，地下供水鋼管和汙水管裡的東西交錯混雜，導致當地人士不論貴賤對於水龍頭流出的自來水都一樣作嘔，雖然大體上來說還算清澈而且通常沒什麼氣味，絕對是含有少量糞便還有微生物，會導致腹瀉、肝炎、痢疾以及傷寒。比較沒經濟能力的市民就這麼喝，藉此強健免疫系統，在這過程當中有的會被犧牲，尤其是年幼和虛弱的人。至於經濟能力比較寬裕的呢，早就改喝瓶裝水，這就是你和兩名員工努力要提供的商品。

你把前面那個房間改成工作室兼倉庫。在那，依序是：一條管子把自來水引進來，非法的加壓泵從外頭提升射出的壓力，一個差不多有小隻河馬那種規模的儲水槽，一個金屬水龍頭，一個帶蓋的鍋子，一個燒筒裝瓦斯的爐用來煮開水，通常你只讓它沸騰個五分鐘意思意思，還有個漏斗配上棉布篩用來除去肉眼可見的雜質，還有一堆用過但仍完好的礦泉水空罐，是從餐廳回收的，最後，還有一組簡單的機器裝置在你偽造出來的產品上加裝防偽瓶蓋以及透明的保護膠膜。

你探身過去看你請來的那位技工進行某種試驗。

「怎那麼臭，」你說。

他聳了聳肩。「是燃料問題。」

「這會讓我們的水聞起來跟摩托車排出的臭氣一樣噁心。」

他把火轉小。「現在怎辦？」

「煙灰太多。把火關掉。」

你仔細研究他借來的那個輕便汽油爐，啞銅色、圓圓的形狀，就跟個大砲的彈殼一樣。天然氣短缺，又再害得你的事業停擺。如果可行的話，汽油倒不失是個負擔得起的暫時替代方案。但它行不通。所以你一邊把玩脖子上掛著的吊繩，擺弄上頭掛的臥室鑰匙，一邊在想有沒有什麼別的替代辦法，你把客戶名單、登記簿、一疊為數不少的現鈔、一把上了四顆子彈沒有執照的左輪槍，全都鎖在隔壁房間裡。

你的技工焦躁地搔搔腋下。「那今天就別燒開好了，」他這麼提出建議。「不行。沒煮過，賣不掉。」你曉得品質大有關係，尤其是偽造品。如果顧客病倒，店家就不會買你的東西。

技工並沒有質疑你的決定。他本行是弄腳踏車的，對於企業經營的微妙之處並沒有受過訓練，所以他才會做你的手下，而且，還因為下有三個女兒要養，上有做砌磚零工的老爸因餐風露宿死得早，他這最小的兒子十分珍惜一筆穩定收入。

要是你的技工一反常態逼你三思，你可能會以沉默做為回應，等著停頓變得不舒服足以讓他別再往你這方向看過來。接下來你會迎上他的目光，直盯著他看直到他閃避轉向地板，而脊背的弧度越來越彎，如此姿勢，在人群當中就和狗群裡頭一樣，哺乳類動物就是用這方式表示一方對另一方稱臣。不過，好在你大概不會嗅嗅他的肛門，檢視他的生殖器。

你請來跑腿辦事的人帶來好消息，說是附近的加氣站會在再過一個小時之後的下午給瓦斯桶加氣，隨著進門的還有食物香味，熱騰騰的烤餅捲把包在外頭

INK PUBLISHING

讀者服務卡

您買的書是：________________________________

生日：　　年　　月　　日

學歷：□國中　□高中　□大專　□研究所（含以上）

職業：□學生　□軍警公教　□服務業

□工　□商　□大眾傳播

□SOHO族　□學生　□其他 ____________

購書方式：□門市 _____ 書店 □網路書店 □親友贈送 □其他 _____

購書原因：□題材吸引　□價格實在　□力挺作者　□設計新穎

□就愛印刻　□其他 ________________（可複選）

購買日期：_______年_______月_______日

你從哪裡得知本書：□書店　□報紙　□雜誌　□網路　□親友介紹

□DM傳單　□廣播　□電視　□其他

你對本書的評價：（請填代號　1.非常滿意　2.滿意　3.普通　4.不滿意）

書名_____ 內容_____封面設計_____版面設計_____

讀完本書後您覺得：

1.□非常喜歡　2.□喜歡　3.□普通　4.□不喜歡　5.□非常不喜歡

您對於本書建議：

感謝您的惠顧，為了提供更好的服務，請填妥各欄資料，將讀者服務卡直接寄回或傳真本社，我們將隨時提供最新的出版、活動等相關訊息。

讀者服務專線：（02）2228-1626　讀者傳真專線：（02）2228-1598

廣	告	回	信
板橋郵局登記證			
板橋廣字第83號			
免	貼	郵	票

舒讀網「碼」上看

235-53

新北市中和區建一路249號8樓

印刻文學生活雜誌出版有限公司　收

讀者服務部

姓名：＿＿＿＿＿＿＿＿ **性別：**□男　□女

郵遞區號：＿＿＿＿＿＿＿＿

地址：＿＿＿＿＿＿＿＿

電話：（日）＿＿＿＿＿＿＿＿（夜）＿＿＿＿＿＿＿＿

傳真：＿＿＿＿＿＿＿＿

e-mail：＿＿＿＿＿＿＿＿

INK

的報紙都薰透了。你們三人一塊用餐，就像親兄弟一樣瞎扯閒聊，某方面來說這也沒錯，因為這兩人都是你們家族的遠房親戚，多少有點沾親帶故，還和同袍兄弟差不多，當然其中的差別在於如果你要這兩位兄弟快吃，他們就只有照著做的份。

吃完飯，你前往加氣站排隊。你的交通工具是一部年紀比你還大的貨卡，後車斗的側板千瘡百孔，構成繁瑣鏽蝕的鏤空花紋，但它的二行程引擎維修得十分可靠。開到十字路口的時候，你的行動電話響了。你見到是誰打來的，就把引擎關掉，接起來回話。

「你有空一起吃晚飯嗎？」漂亮女孩問道。

「有空啊，」你說。

「什麼時間都可以嗎？」

「哦。什麼時候？」

「今天晚上。我剛好在你們城裡。到我住的旅館來。」

那天傍晚你去理了髮，挑了個推短的造型，照理髮的人說這樣子不但時髦，還保證讓像你這麼好身材的男人更英挺更帥氣。你買了件價值不菲的緊身牛仔褲，還到一間外頭停車場停滿酷炫汽車的精品店買了件尼龍夾克，背後印著「大肉棒」幾個字。回到家，你發現牛仔褲太短了，又衝回店裡換件比較長的，但店員正眼都不瞧你，用店裡的電腦上網聊天根本連停都沒停，就說你已經把標籤拆了所以沒辦法退換。

你決定不管怎樣就穿著出門，把最上頭的扣子鬆開，用皮帶藏好，還往下拉低些。這麼穿擠出一小坨肉來，微微成了一圈肥油，你在想說不定買錯了。花費半個月的收入買兩件衣物，真的是極度超支。但你要遲到了，現在得加速趕去赴約。那間飯店是本城最頂級的，自從有次猛烈的卡車炸彈把窗戶都震碎還引發室內起火，舊幢暫時封閉搭起架子，不過離街較遠的新幢已經重新粉刷過開始對外營業。

那次攻擊之後，既然這飯店是政治人物及外交官還有生意人聚會的場所，而且也由於它身為領導性國際連鎖品牌的前哨，對外國人來說是個亮澄澄的藍色招牌，就決定一把將這城推開，自顧自形成一個島嶼，如果說在如此稠密擁擠的大都會裡還有可能辦得到的話。也就因為這樣，在它四面之前原本要讓車輛通行的兩線道馬路都被霸占拿去用了。更外頭又再用水泥灌成的護柱圍起來，中間還填上及腰的鐵柵防止車輛闖入，就像是有個巨人國的小孩從他玩具間取出的帶刺波羅蜜果，在用來對抗披著裝甲的軍隊進攻的沒水護城河與加上武裝的沙灘之間，形成一個十字路口。在此同時，裡面的車道則是裝上柵門、減速路障、拔地而起看似朝天高的閉路電視系統攝影機，還有用沙包強化的木造碉堡，漆成矮牽牛的顏色。

在這堡壘四周的交通受到限制行進緩慢，簡直要擠爆了。騎自行車的、騎機車的、開著機動車的，不管你是三輪還是四輪，全都想方設法往前，有時用推的擠的，有時喇叭大作，有時搖下車窗出聲咒罵。他們緩慢的步調三不五時還會完全停頓下來，因為要淨空讓大人物通過，這時你就可以見到認命、受挫的各種表情，而且氣憤發怒也不是什麼稀奇的事情。快靠近第一個檢查哨，從這開始你就可以和這堆糾結不清的群眾分開，自個兒往裡面走。

警衛看著你把車開過來，問你要做什麼。

「我要進去裡頭，」你說。

「就憑你？幹麼？」

「我要赴晚宴。」

「是哦。」

他把上級叫了過來。你見到一輛時髦、亮麗的名牌車，也許是載著某位參議員或護民官或百夫長，閃著尾燈直接通過前頭的檢查哨。那上級要你掉頭。他的年紀比你還小，身材也沒你高，而且也沒你那麼壯。但在好幾挺衝鋒槍環伺之下，你硬把一股傲氣咬牙吞了，和這人套交情。和漂亮女孩通過電話，又把你那輛小之又小的貨車詳加檢查之後，心不甘情不願地勉強讓你通過，但只能到後頭的第二停車場，再過去就得用走的。

據說，在這飯店裡外國女子當著眾人面前近乎一絲不掛地游泳，而且新潮的酒吧還供應進口酒類。這類的東西你一樣都沒看見，也許因為你只到了大廳而已，或許是由於你過於興奮只專心在找漂亮女孩身在何處。她往你這邊走過來了，足蹬高跟鞋，酷酷的笑容，髮型幾乎和你一樣短。

她在幾年前就已經搬到位於海邊更大的都市去了，這次是來你們這做客。她的模特兒事業已進入高原期，比較好聽的講法是站上高峰，因為即使說要到的價碼還是很優渥，接到案子的頻率迅速下滑。所以她試著要轉往電視發展，已經成了小牌的演員，小牌是因為她的演技不行，演出經驗主要都是在戲劇和喜劇裡占些不甚起眼的位置。如果是私人行程，一般來說她並不會住這種飯店，但炸彈攻擊事件之後住房率大幅下滑，所以能用半價折扣訂到一間房。

她在你臉頰上親了一下，帶路往餐廳去，一邊還很仔細地端詳你的模樣。沒錯，她注意到你穿著新買而超亮眼的衣著渾身不自在，不過反過來說，你也不再因為自己的行為舉止而感到不自在，你變得更成熟了，散發出一股自信，甚至是精於此道，同一時間也多增加了幾公斤以及幾縷灰白的髮絲。在她眼裡你恰如其分已是個男人，不再是男孩了，然而你眼神裡還保留著靈動，當然，就算真的有所懷疑，也無從證實這多半都要歸因於此時此刻她的出現。

領班帶著你們入座，這人認得她，還為此挑了個似乎是比較偏僻的桌子，但其實是讓她可以被大家見到。漂亮女孩對他頷首表示嘉許，他親自幫你們把餐巾打開、遞給她的時候微微欠身，而且不假思索地在遞給你的時候就直接鋪放你腿上。

「你氣色不錯，」她對你這麼說。

「妳也是。」

確實如此。就像面對著太陽一樣，之前你總是難以直視她，但這個晚上你控制住自己想要把眼神撇開的本能，反而是設法在直直瞪著人看或著瞟來瞟去之間難以維持的分界線上遊走。眼前這名女子多年來幾乎沒什麼改變，顯然，這麼說並不正確，因為你們初次見面早已是半個人生之前的事情了，反倒是由於她在你心中的形象並非完全由外表決定。

今晚她穿著一件黃色的細肩帶上裝，凸顯出鎖骨和胸骨之間的凹處，配上亮黃褐色的單件手鐲。她的手提包邊緣蓋著一條頭巾，然後她伸手進去取出一瓶紅酒，她動手把瓶蓋轉開，發出像是扭斷樹枝的聲響。

「你以前來過這嗎？」她問道。

「沒來過，這算第一次。」

她笑了。「怎麼啦？」

「真是難以想像。」

「我還記得第一次來的時候。刀子那麼重，我還以為是銀的呢。我偷了一把。」

「真是銀的嗎？」

她笑了。「才不呢。」

「像那樣一般人沒法遇上的趣事，妳還見過哪些？」

她停了下來，你那問題所站的姿態，搖擺於大開眼界與自慚形穢的心境，對她來說幾乎已被忘懷，現又突然冒出嚇她一跳。

「雪，」她一邊說一邊露出笑容。

「妳還見過雪？」

她點點頭。「在山上。就跟魔法一樣。像是粉狀的冰雹。」

「跟冰櫃裡的東西很像。」

「在地面是那樣沒錯。雪在下的時候就像是羽毛。」

「軟軟的？」

「軟軟的。但是會弄濕。如果你在雪上走來走去，會凍傷。」領班又來，在你們的酒瓶上紮了一小塊布，隱密地遮起來只露出瓶頸讓人見到。

「那你呢？」她問道，再把你的酒杯倒滿。「你究竟是在做什麼生意。」

「瓶裝水。」

「送貨嗎？」

「那也算在內。是我做的。」

「怎麼做？」

你若無其事地跟她說了，一些曲折的情節就省略掉，例如像是天然瓦斯一直短缺，或是有很長一段時間水壓太低，你的抽水馬達只能發出沒有任何助益的巨響，卻不能把儲水槽裝滿。

「真了不起，」她一邊說一邊搖頭。「真的有人買嗎？就好像你們是那種大公司一樣？」

「是那樣沒錯。」

「你真是天才。」

「才不呢。」你笑著說。

「在學校裡大家都說你是天才。」

「妳又不常去學校。」

「去得夠久了。」

你喝了口酒。「妳還和誰保持聯絡嗎？」

「沒有。」

「就連爸媽也沒聯絡？」

「沒有。他們都已經過世了。」

「我理解。我爸媽也是。我的意思是說在那之前就沒聯絡了。」

「是有一些口信。說是我爸媽的意思，後來，當我開始在電視劇裡演出，則是一些親戚。大多是表示不贊同。或來要錢。」

「所以我一直過著獨來獨往的生活。」

「就只有你一人。」她把纖細的手指靠在你手背上。

你只有兩次喝酒的經驗，而且從來不曾喝到酒醉的程度，所以這種面泛紅光、心情放鬆口若懸河的感受是個全新體驗。你們倆邊吃邊聊，不時放聲狂笑，音量大到會干擾其他來用餐的客人。但這餐結束得太快了，酒也是，你整整精神打算今晚就要到此為止了，這時她開口說道：「我房間裡還有一瓶。要過來嗎？」

「好啊。」

她把房號告訴你，還說要等過了幾分鐘之後再上去會合。你搞不清楚實際要怎麼到房間，也不想問方向而引起保全注意，但你想到應該要搭電梯，然後就可以順著走道上的指標。你一敲門她就幫你開了，讓你進到房裡，狠狠在你嘴上吻了一下。

「並沒有另一瓶紅酒，」她說。

「無所謂。」

和你發生關係似乎是越軌之舉，這又更增添她的欲求，雖說她太過於分心而難以享受這事。情感上，你有一股家鄉的氣息，但同樣實際上也是如此，例如像是表現在你沒有使用除臭劑，而對她來說家鄉就帶有傷感以及蠻不講理的意涵，這些都激得她對你發出想要被懲罰的信號，但這些都被你誤會了，因此依然沒能得到回應。

她正歷經一段易感的脆弱時期。就在事業最高點她開始感受到重力的作用，而且去年所賺的要比之前還要少得多，這狀況還是第一次發生。她警覺到前途茫茫，曉得自己很可能到最後成為窮困潦倒、上了年紀、孤零零一個人、獨自住一間房的老嫗，每隔好幾個月才一次採購大批的米和麵粉，或者是說，比較沒那麼嚇人的，嫁給某位用鼻子吸食古柯鹼、男孩般長不大的男人，長久以來都很不安心地不到十一點就出現在自個兒老爸公司總部的辦公室，過了三點還待很久，樂於用他那輛散發男性魅力的歐洲跑車載送著派對上挑來的十幾歲少女，而在酒醉的時候會莫名其妙地啜泣著。

赤裸著躺在你身旁，用過的保險套放在床頭櫃上，手裡點著一支菸，她輕柔撫弄你的頭髮讓你打盹。然而，她並沒有讓你留下來過夜。當你問說下次何時會再見面的時候，她說她也不曉得，這倒是實情，可是當你脫口而出希望能夠很快實現，並沒有得到她的回應。之後她獨自一人斜倚在床上，回想你們倆十指交纏那股令人安心的感覺。她想像著和你的關係會是如何，你有沒有可能和她在海濱大城的同事還有熟人混得很好。她閉上眼睛深吸一口氣，紙捲和菸絲燃燒的聲音清晰可辨，同時在想不曉得是否會有那麼一天，永遠和某個男人廝守在一塊的想法不會令她反感。

你帶著激動的心情駕車離開，既高興又害怕。但到了週末，當你帶著姪兒姪女去動物園的時候，已是恐懼感越來越滋長占了上風。兩個小的早就一直期待著能夠和事業有成的叔叔每個月例行出去玩，因為可以搭著你的貨車還有糖果可拿，而且這種場合你也很熱切希望有他們作伴。你去接他們的時候喉頭有點緊緊的，所以沒有多說什麼話，就讓他們彼此互相聊天。但是在關在籠裡的老虎和大熊面前你心情放鬆，到了要騎駱駝的時候就已經能夠正常說話。

你哥在你把孩子們送回家的時候和你握了握手，而且還心照不宣地收下你暗藏在手掌心的那捲鈔票。一開始，接受年紀比自己還小的弟弟資助讓他慚愧，但那感覺已不再那麼嚴重，他不再堅持反覆跟你講述他身為一名父親面對失控飆漲物價的種種難處，即使說那些依然是真實而迫切的事情。

反倒是他要你到他們家的屋頂坐坐，問問你的近況，點燃一捲大麻菸，淺淺地連吸了好幾口灌滿那乾瘦的胸膛。傍晚的夜空呈現橘色，沉沉地充滿懸浮塵埃，那是來自成千上萬建築工地，肥沃的土壤被一鏟一鏟翻了起來，被太陽曬乾，隨風四散飛揚。一如以往你哥鼓勵你結婚，藉此表現出一種歷久不衰的慷慨大度，因為要是你有了屬於自己的家庭，不管怎麼算都會減損你資助他過好日子的能力。

「我全部的時間都投入事業了，」你說。「我一個人過得很好。」

「哪有誰一個人過得很好。」

你們的討論轉到姊姊，前陣子你哥回鄉一趟見過面，據他說是顯得老了，這倒不出你所料，雖然她只不過比你大個幾歲而已。你很明白鄉村生活的重擔會對身體有什麼作用。他說，你姊姊時常抱怨，不過好在她先生懼內，所以她的處境並沒有那麼差。不過，她得用到一些磚塊，因為她們家院子周圍堆的土一直被沖走。你說這件事你會負責搞定。

好幾個星期過去了，漂亮女孩並沒有打電話給你。你是既驚訝又不驚訝，說不驚訝是因為這原本就是在預料之中，而說驚訝是因為你讓自己抱著希望但願會有別的情況出現。如今你已經有所體認，到最後她終究是會和你通電話，但你已經放棄去猜測那是什麼時候才會發生。

這段期間，你做了一個重大決定。你已經攢了一筆錢，這你原本是打算用來為你住的地方買張長期租用合約，當然，並不是要買所有權，那就要貴得多了，而是取得權利能住在那一定年限不用再交租金，到期之後房東必須把本金歸還。這樣的安排方式在你們那個城市對於收入普通的人來說是相當具有吸引力，合約效期內，提供一個像是暫時擁有一間房屋那樣的安全感。

在廚子、快遞員還有小生意人的世界裡，也就是你所屬的那個世界，一份長期租用合約被認為是過日子無盡苦差途中的一處歇息站。然而你現在是為自己工作，是個創業者，某個霧濛濛的午後，當你開車順著市鎮的外環道前進時，經過一小塊地引起你的注意，那應該是一度某個大農莊的零餘，如今徒留坍塌的棚舍，還有一口鏽蝕但詳細檢視後仍會出水的管井，你突然想到用你所存的那筆錢，倒是可以搬到這來拓展瓶裝水的生意。這將會是一條頗有風險的路，要是生意失敗，你就落得既沒有儲蓄又無法擔保有個棲身之所。不過風險就可能有所回報，而且除此之外你已經認清，夢想要有一個自己的家根本就是幻影，除非全都能夠用扎扎實實的現金作為經濟後盾。

簽下租約的那個晚上，你自個兒獨自躺在父母曾經睡過的床上，等著累到最後逼使你不省人事。身邊放著那一響也不響的手機。你一部接著一部收看充斥在電視機裡頭那些無所不在、過度滋長的談話節目，心知肚明他們大發雷霆的姿態是將政治當把戲，轉移眾人焦點而非就事論事。不過正好合乎你的需要。說到底，你所尋求的正是要能轉移焦點。

7／預備好要用暴力

變得超有錢就需要某個程度的不忌葷羶，
不管你是在新興亞洲還是任何其他地方都一樣。

雖然可能會令人討厭，但不可避免地，在像這樣的一本自我成長書裡，我們終究會不知不覺講到暴力這個課題。變得超有錢就需要某個程度的不忌葷羶，不管你是在新興亞洲還是任何其他地方都一樣。因為財富來自資本，而資本來自勞力，勞力來自均衡，來自攝取的熱量追趕消耗的熱量，一種固有、內在的欠缺，如果你想要賺得更多，唉，就是擴張啦，就會在若干強迫之下屈從於你的意志的那種生物機器的欠缺。

此時此刻，在這條商業大道上空瀰漫著煙霧和催淚瓦斯。你一邊開車，脖子上還掛著浸過醋的頭巾，準備好要拿來當作暫時代用的過濾器來對抗那些臭氣。暴動並不是正在進行，但也並沒有完全結束，一批批的警員四下搜捕落單者。在你四周滿是碎玻璃和小石塊，就像是一整天下來城市光鮮的混凝土上也會自然冒出些許鬍渣。

你要找的那個地址，那幢大樓才被丟過汽油彈，刷白的殖民風格正立面被煙燻成焦黑。其結構還有內裝大致還算完好。但這並不是你下車時所關心的事情。你關心的是在前方卸貨道上的送貨車，側著翻倒在一旁，引擎還有底盤正在悶燒。真是損失慘重。根本不需要用上你拿過來的滅火器，而且，仔細打量一番之後，你揮揮手要你的技工後退到你車上。

慢吞吞的回程路上，你的口腔黏膜冒水直流。你把車窗搖下，用力清了清嗓子，吐口啖。你的辦公室和工廠還有儲藏室全都相連，位在城市的外圍區域，一千零一條凹凸不平街道的其中之一，才不過幾年之前這還只是些田地，而如今只能見到幾簇綠意，反倒是毫無規畫的發展已產出一整串的便利商店、修車廠、收廢鐵的、未立案的教育機構、不老實只想撈錢的牙醫，及手機加值兼維修站，全都是擁擠住宅的最前排，對地震，甚至還有暴雨，極度危險地沒有抵抗能力。

此處以及其四散開來的邊緣地帶，住了許許多多才剛加入這城市龐大人口的生力軍，有些是出生在核心區後來被都市壓力強迫趕出，其他的是從小鎮還有村莊擲上來賭一賭機會，還有其他來到都市的人是被拋棄的，逃離家園再怎麼樣都絕對不再回去。另外，你們企業的實體通訊中樞就在此落腳。城市極度乾渴呼號聲中你蓬勃茁壯，那種渴難以滿足還不斷增長，水不停從地底抽上來送進管線、灌入瓶子裡。瓶裝水是個利潤豐富的生意。

你的辦公室，雖然在建築結構上與狹窄、兩層樓的左鄰右舍並無區別，你親自挑選的金色反光玻璃窗倒是獨樹一格，說它相當懾人都算客氣了。踏進建築內部，你看著手下的人努力工作，埋首苦幹，或是當你走進浪板搭棚的後場，在那底下修整妥當的機器哼哼運轉，感受到企業家的自毫驕傲。這是你蓋起來的。但今天你的驕傲中還夾雜著不安，因你們運輸車隊最新進的成員報銷了而坐立難安。

你把會計叫來，然後把門關上。外頭，透過泛黃的窗玻璃望出去，可見到一輛超載的巴士，車頂穿梭於電話線之間。那下頭的街道湧起高聲喧譁。

「有多糟？」你的會計員喃喃念道。

「報銷了。」

「全部嗎？」

你忍住沒有飆出一堆髒話。「我得換一輛。薪水還發得出來嗎？」

「我們現金很夠。」

當天晚上，你的會計中風發作，右半邊臉麻痺不能動。他實際上並沒有做會計的資格，不過這對你來說並不重要。按規矩，你賄賂稅務人員，而你那本動過手腳的帳簿只是討價還價時拿來參考用的。對你來說，重要的是他對數字很在行，因為他曾經在城裡某間名聲比較響亮的會計事務所待過幾十年。

你的會計還以為自己沒多久可活了。他的臉已變得像個面具一樣，部分僵硬死板，讓他想起父親的臉，剛過世之後的那幾個小時，淨完身但尚未入土那段時間的模樣。他時常推想腦子裡的微血管爆裂開來是什麼感覺，一種感官的激烈騷動，就像是睡覺時一隻腳發麻似的。但他大半時間都能平心靜氣挑起他的命運。他的兒子們都在公司裡謀得一個職位。他的女兒已經嫁人，就是你啦，一位同鄉同族門當戶對且前程似錦。這麼一來，他已經完成身為父親最要緊應該辦好的事情，再說，即使年輕的時候在這山望那山實屬人之常情，他夠堅強足以堅信歲月並不是按那方式運作。

那天夜裡你離開晚了，一部分是因為你有很多事要做，而一部分是因為你相信這樣可以發送一種激勵員工士氣的信號。一抹新月初升，兩兩成雙的狐蝠從頭上飛過，牠們那巨型翅膀拍得空氣呼呼作響。你按照習慣的路線開車，聽著收音機播放的音樂。

到了某個交叉路口，有位面露稚氣的機車騎士，一頭捲髮精心整治，輕敲你的車窗。你把車窗搖下，結果出現一把手槍抵住你的臉頰。

「下車，」他說。

你照著做了。他把你帶到路旁，要你臉朝下趴在泥地上。車輛來來去去，但沒人停下來留意是發生了什麼狀況。你鼻孔充滿枯焦大地的氣息。他把槍口頂著你後頸，正是脊椎與頭顱相接之處，左壓右擠，在上頭磨磨蹭蹭。壓得皮肉骨都痛得要命。

「你個蠢蛋，」他說道，音調高亢，幾乎是還沒到青春期的感覺。「你以為搞得過比你還強的，是嗎？」

你動動嘴唇但出不了聲音。你感覺到痰打在頭皮上，溫度相當而且跟血一樣黏稠。

「這是個警告，渾球。你只有一次機會。別忘了你是什麼身分。」

他走到機車那，騎走了。你一直要到他離開以後才起身。你感覺到脊椎上半部有刺痛不舒服的感覺，然後發現車門還開著，整段時間引擎都還一直保持怠速運轉。你把手套箱翻開。手槍放這。一點用處也沒有。

剛才收到的最後通牒是發自一位有錢的生意人，算是這城市的舊勢力，別的尚且不管，至少擁有一間和你競爭的瓶裝水公司，而且它的勢力範圍開始被你的擴張所取代。他有權有勢且交遊甚廣。所以你相當害怕，但不僅止於害怕，你也相當氣憤，極度怒恨，兩種情緒結合起來導致你邊開車邊抖，而且，還一邊對抗冒出的害怕念頭，腦中一直反覆想著，我會讓那混帳瞧瞧我的本事，看我的厲害。

不過，你會怎樣還以顏色，仍是未知數。

你在家門口把車停下，在這尚未完工、中等價位的開發區裡某間才剛蓋好的連幢房舍，十二幢裡頭反覆出現多次的四種設計其中之一。你們街上的行道樹都還是及膝高度的幼苗，綁在木棍上撐住對抗風勢。你老婆開門讓你進屋的時候，很關心地看著你，詢問究竟發生了什麼事情。你說沒什麼事，也許是吃壞肚子。當晚稍候，她聽見你在浴室裡吐。

你老婆才剛滿二十歲沒多久，還不到你一半年紀。她覺得自己嫁得好，即使年齡有差距，你們之間的距離就跟她爸媽一樣。她的童年過得比你好，但環境還不像目前所能享受到的那麼舒適。在她認為，這是預料中的事，因為她一直都被認為是個美人，膚色白皙還有寬闊而性感的唇，而在安排婚事的時候這些都被看成是相當大的本錢。

為了換得她本人同意你與你那位會計之間的協議，她附上兩個條件，首先她要能完成大學學業，這是為時甚久的法律學程，而第二項則是在念書期間不用負擔生小孩的任務。她加上這些條件，一部分是因為她想要完成學業，一部分是由於想試試自己的權威。你同意了，而且你遵守約定。

她設想在這段協議期間也同時在試探你的欲念。不過，對於這個部分，她倒是沒那麼有把握。那是因為，雖然新婚那幾個星期當中，每天都有發生關係甚至是每天兩回，很快就消退成差不多每隔兩個星期一次那樣的頻率。她把這現象歸咎於你已是四十好幾的男人，即使說她所感受到你一開始的那種激情確實讓她對此有些許疑惑。不管怎麼說，她還是仰慕你，準備好讓你激起她對於浪漫愛的欲火，即使說你老婆已開始在想要到何時你才會有時間這麼做。

你發簡訊傳給漂亮女孩手機通知她你即將結婚那天，漂亮女孩十分驚訝自己是那麼的難過，畢竟你們倆這幾年來已少有機會聊天談心了。她並沒有意識到自己還期待你會一直在那等，而且即便她偶爾會突然想到你，她並不會特別計畫像那次和你在旅館共度良宵那樣的進一步會面。所以說，她的悲傷情緒大出自己所料。不過，她回傳簡訊祝你幸福快樂。而在那之後，一如往常，她努力控制情緒認真工作。

在電視上有個頗受歡迎的烹飪節目，讓漂亮女孩大為成功，這實在是太了不起了，因為她的廚藝從來就不怎麼樣。但她將活力十足、腥羶不忌的個人特質與一種辛辣而創新的攤販料理結合起來，將兒時用的方言配上她那位助理廚師的技術，組成引人入勝而且能賺進鈔票的效果。

她獨自住一間優雅而沒什麼裝飾的平房，離海邊不遠，財富大幅縮水之後又帶著可觀收入回來。她對於重歸貧困的恐懼已經消退。她了解到她的名聲是以美貌為基礎，而且她並不笨，並沒有盲目不知美貌會變。但她相信總有辦法能讓名聲超乎這個基礎，的確過了某一點之後，名聲就如浮雲，會變得就好像是自己依靠著自己，翻攪騰躍，自給自足，堅持高高在上。不需負擔擴大解釋的一夫一妻制所要求的承諾，她投入大量時間達成這個目標，參與不間斷的公關活動，和那些可以保障她未來的人來往。換句話說，就是她的觀眾們。

你老婆就是其中一名觀眾，她覺得漂亮女孩十分討喜，就像是位行為很酷的大嬸，而且她的食譜好做又好吃。所以你回到家來經常會看到漂亮女孩在客廳對著你老婆講話，雙方的眼神穿透虛空緊扣在一起，而且當你突如其來要她轉台的時候，老婆笑著照你的話做，以為那是因為你是個典型的大男人，對於烹飪藝術的神妙之處完全不感興趣。

你在槍口下收到警告一事，對老婆隻字未提，但這事讓你前去拜見這區收了大家保護費的某個武裝幫派角頭。你之前並沒有親自和他接觸過，但身為同一個氏族，你大有資格認為他會同意見面，而且還真的並沒有讓你等太久。

會面的過程是在一間毫不起眼的不知名房屋裡進行，唯一引人注目的是有兩名手持衝鋒槍的男人在屋外閒晃。那位角頭坐在毯子上，頭上的扇葉緩緩轉動。他站起身來，用被輾斷失去兩指但已痊癒的手和你握了握，並仔細把你打量一陣。你在角頭身邊坐下，把你的難處解釋給他聽。

角頭老大樂意出面幫忙，首先是因為你會出錢，而其次則是因為你算是親戚，還有第三個理由是因為在他眼裡你是受到壓迫的人而他是受壓迫者的老大，再來第四個就是因為威脅你的那個商人是屬於另一個幫派，角頭老大認為該要花點工夫掃蕩掃蕩。不過在這會兒他並沒有跟你講那麼多。反而他一直到隔天才給你答覆，同一時間還和更上層的商量過了，因為他只算是中階管理，而這麼拖延也害得你冒了一身冷汗。

你有了一個保鑣負責人身安全，還含含糊糊地口頭承諾說，如果事態再擴大的話會採取進一步行動。保鑣沒先打聲招呼就來到你辦公室，那麼悄然沉穩就好像其實是被麻醉了一樣，但他的眼神鋒利而不苟言笑。他差不多和你的歲數相當，但塊頭要大得多，頂著個脾酒肚還裝了四顆假牙。你無法想像他會是個爸爸或是個丈夫，也就沒問他的家庭狀況，再說，他也不熱中瞎扯閒聊。晚上他就住在你們家，甚至是外頭沒在用的傭人房裡，讓這傢伙在你老婆近旁活動讓你十分困擾。

只要坐在你的車裡，保鑣就會把自動步槍夾在兩腿之間把玩弄出一堆噪音，究竟是在虛張聲勢還是要改進反應時間還是單純出於習慣，你完全無法確定。你還在想，把這人請來會不會是犯了錯，因為花的錢可真不得了而且他還會讓你緊張。不過，你也看得出來，唯一的別種做法就是對那威脅不理不睬，但那恐怕會是自尋死路，或者你可以認輸，而這既不公平你也忍不下這口氣。有一次，你故意從那商人築了高牆的豪宅前駛過，那是某個高級區的頂級房產，透過正在闔上的柵門縫你見著那人在自家草坪上健走。他一身灰色田徑服，手裡握著藍色啞鈴，讓人想到電影裡演的那種壞蛋，這幅景像讓你堅定意志絕對不會順從屈服。

老婆曉得你心裡有事，感受到你拒人於千里之外，還非常容易發怒，她心裡明白，自己老公最近弄了個保鑣在身邊當然不會是毫無來由。她想要安慰你，而當她試著想討論的時候都不能得到一個解釋究竟是什麼狀況，她另尋一條路，提議說兩人出去看場電影，或是上餐廳吃一頓，但是你堅持晚上一定要待在家裡，為了安全理由，雖說你並沒有把最後這話跟她講，不想讓她受到驚嚇。

對於這種狀況，她所讀的那些用銅版紙印的雜誌有提供建議，男人不開心的時候要怎麼取悅他，所以呢，她鼓起勇氣，反正你們的結婚週年也快到了，就叫幫她除毛的女士幫忙把陰毛也都剃了，這可是個極不舒服的經驗，用掉她一整個月的私房錢買來帶有蕾絲的胸罩還有內褲，全都是她最鍾愛的紫紅色，在閃爍的燭光映照下，半裸著躺在你床上等你。

她沒發現剛好停電了，所以當你拿著強力手電筒進房的時候被嚇了一跳，至於你呢，因沒說一聲就闖進來而感到抱歉，所以就把眼光移開，含糊說了句失禮就直接往浴廁而去。你回來的時候她已拿了條床單把全身上下都蓋得嚴嚴密密只露個頭出來，幽暗之間她的眼睛好大，一股羞愧的心情席捲而來，不過，當你躺下的時候，她往裡頭一探，聚集一切餘勇，牽著你的手放在她胸部，手探向你的雙腿間，她感覺到全身因你而充血發脹，可是你卻沒有相對反應，因為你已經被疲勞和壓力擺平了，所以她轉過身去忍住不要出聲掉下淚來，假裝睡著。

你已有好幾個星期過著緊繃的日子，開車的時候不停左顧右盼，不知會不會受到攻擊，而且還在想如果真發生事情的話，你那保鑣能不能保護你的安全。你對自己說絕對不能被恐懼擊敗，但即便如此你開始取消到外頭拜訪，就連你公司最賺錢的飲水機桶裝包大生意那幾間公司客戶也是，你的生意也就因此受到影響，因為你的每日行程越來越僵化固定，按表定時間早早上班，待在辦公室不出去，晚晚回到家。

這常規一開始並不是因為有人試圖射你而被打亂，而是因為你姊過世了。雨季來臨就會伴隨著突發的洪水，你們老家村子裡的屋舍，雖然位在不錯的地勢，之前幾乎都能倖免於水患，但所造成的一窪窪死水卻會養出一大群傳播疾病的蚊蚋。你姊是死於登革熱，高燒消退，一時讓人抱著虛妄的希望，之後內臟出血讓體內器官沒有養分而衰竭。

你連夜換過一班接一班顛簸的巴士趕回老家，還有你哥和他幾位幾乎已經成年的小孩一起，到了隔天早晨才抵達目的地，因為雨水把道路還有橋梁弄壞了。葬禮有所延遲好讓你們能趕上出席，也就因而能夠見到姊姊最後一面，這位女子不曾在此世停留太久時間就已現老態，她滿頭稀落的白髮，前排門牙也已掉落，臉頰凹陷見骨，似乎生命逝去讓這身皮囊一下子洩了氣。

看看你哥，你發現他也上了年紀，即使以前年輕的時候他就看來比較老成，你不禁想到在你姪子那輩的眼中你會是什麼模樣。你姊長眠之地堆起的那壟土丘撒滿鮮花，你到那祭拜，然後把奠儀交給姊夫和孩子們。死亡在鄉間乃是稀鬆平常之事，大家都不帶感情地看待這事，除了一開始那幾天之外，你見不到有誰哀痛欲絕，即便如此，當你離開的時候外甥女把頭低下讓你為她祈福，還是見到她流下兩行清淚。

你要老婆待在城裡沒有一起來，就算你跟她說因為洪水暴發這趟路對她而言太過艱辛，這決定讓她覺得頗為受傷。你不想要她出席如此重要的場合，她感到十分震驚，並不知道你沒帶她參加的真正動機是想隱藏你不怎麼高貴的出身。

回程的時候，你遇到數也數不清的阻礙，還要下車幫忙把車推出爛泥堆，你又再次感受到鄉村與城市之間那道說來令人生厭的鴻溝，所有目光都集中在一隻羊身上，整批被沖走的羊群獨留下牠還倖存，而在鄉村那幾乎都一直沒什麼變化。

就在同一個星期隨後幾天，之前那位帶著孩子氣的槍手又再接到指示來找你。他和平常一樣盥洗、著裝，拿一個可樂罐大小促銷用的收音機聽電影裡的歌，一邊刮去上唇的短髭，一邊期待有一天能長成濃密的大鬍子。他母親和姊姊跟他道了再見。他現金不多，所以只買了少量汽油加進摩托車，還有單支散裝的菸捲。他挑了個你會經過的十字路口，就在那有個巨大的招牌廣告著抗菌肥皂，等待、抽菸，這新養成的習慣還不錯，能讓他忘去飢餓。他的手機嗶嗶作響，通知說你已經從家裡出發了。

槍手心裡一直在想他之前就好想要的那件T恤，上頭印著迷神炫目的鷹鷲圖案，可是今天他從店門前經過的時候那衣服已經不在，店主說是賣掉了。他真希望之前就有辦法把它買下來。他應該先借錢來買才對。附近鄰居有位臉上有雀斑的女孩，他都沒有勇氣上前搭訕，而且那女孩從來不曾注意到他，可是他敢講要是穿著那T恤的話女孩一定眼睛一亮。

你靠近十字路口的時候也是在想一個女子，回憶起之前你和你姊玩的那個想像遊戲。前方是一輛卡車拖著貨櫃，而且那車減速的時候煞車會嘶嘶作響。在這噪音聲中你見到槍手大跨步衝著你而來，你轉身過去看你的保鑣，但他早就了然於胸。你的保鑣連開三槍穿過擋風玻璃射了出去。那槍手應聲而倒。你忙不迭想要離開現場，但你的保鑣打開車門跨步走到街上。之前射出的子彈有一發打中那一顆頂著捲髮的頭顱。那顆腦袋距槍手倒地之處並不遠，拚著命要多吸口氣。你的保鑣對他臉面、胸膛射了好幾發子彈，還拿出手機很快拍了張照片。回到座位上，他要你把車開走，你好像還沒有搞清楚所以他又再重複一次，才趕緊照著他的話做。

你在一條偏僻沒人的路旁停了下來，而你的保鑣從換輪胎的工具箱當中取出套筒扳手把受損的擋風玻璃全都打碎，就像敲蛋殼一樣。他雙腳並用，從車內一推把擋風玻璃整個拆掉，拎著丟到一堆垃圾裡。你繼續把車開回家，一股潮濕的微風颳過你領口，結果那個晚上你把左輪手槍藏在床底下躺著，難以成眠。你不知現在會出什麼事，不曉得會不會遭受嚴厲的懲罰，槍手慘死的記憶如此鮮活，更讓這可能性倍感真實。

但接下來你收到角頭老大的通知，說相片已經傳給對方了，還加上寫好的訊息，要那生意人曉得，而他也已經同意不再對你有所要脅。你不曉得這整套講法是否全盤可信，說不定是有個更大的陰謀在背後策畫演出，但你的保鑣撤走了，所以在這麼多個月之後你又再一個人行動，樂觀以對但求一切平安無事，也讓自個的事情都上了正軌，以免被誤會。

你的生意蒸蒸日上，而那整個意外事件很快就成了若不是個遙遠的記憶，至少並非什麼迫在眉捷的顧慮。你長時間工作，弄到很晚才回家和老婆見面，將心思全放在手頭亟待處理的事情。三不五時你會想到漂亮女孩，她也會想到你，但她並沒有和你聯絡，當她感覺到有股衝動想要打電話的時候又都退縮了，不願介入你和老婆的幸福家庭，而你也是一樣，出於相同理由。但即使是這樣毫無聯絡的狀況，漂亮女孩還是造成干擾，因為你無法對老婆完全敞開心胸，在她身上見到漂亮女孩的點點滴滴，就恍若漂亮女孩已成了你心目中的女人原型，而你老婆再怎麼樣也只能算是個摹本，而且在老婆的笑聲之中聽見，在你老婆兩腿之間感受到漂亮女孩的一顰一笑迴盪著，這回響如此痛苦，害得你得把自己關起來躲得遠遠的。

你試著在物質上做補償，給老婆買索價不菲的項鏈，當然，和富家女還有名媛戴的首飾比起來根本不值一提，但仍是你或你老婆之前未曾擁有過的某種低調奢華，這禮物討她開心，可是她以為你的表示會伴隨著渴望已久的真心溫情，這希望很快就落空了，而那項鏈就只待在盒子裡，收藏起來，一年當中只有那麼一次兩次拿出來亮個相。

逐漸，你老婆因大學裡許許多多年輕小伙子的關注而心生悸動，因偶爾相應生出的渴望而心神不寧，因她從小就被教養成把婚姻視為牢不可破，很快就被壓抑下來，也就為此她開始穿著得更加樸實，甚至出門的時候還把頭髮掩起來，因而將她與身邊那些垂涎貪色之徒築起一道屏障，藉以得到若干內在的平靜。

你躺在床上老婆身邊，沒有靠在一塊，樓下新裝的一台小型發電機嗡嗡作響，讓你們夫妻倆免於斷電之苦，而你因為年紀還有姿勢不良的關係加總起來使得你頸部反覆僵硬，只在頭下墊了條毛巾，你並沒有料想到老婆對你的愛意可能會流失再也無法挽回，也沒料到一旦失去之後，你會心生懷念。

8／和官僚打交道

官僚，穿著官方的制服，私底下扶持其私人利益。
而銀行家呢，穿著民間的制服，暗地裡卻是有官方撐腰。
你持續成功的關鍵靠的就是要能找對官僚交對朋友。

若沒有把我們和國家的關係納入考量，自我成長書就不算完整。那是因為，如果說能有什麼大規模的列表把讀者與作者結合在一塊，明白清楚開展在眼前一直捲向遠方，就像是某些史詩般科幻小說所改編的電影一開場出現的那種簡介文字，那麼，列表上閃閃亮亮映入眼裡的大概會是：我們活在一個經濟掛帥的宇宙，受制於國家的無上權力。國家拖住我們。國家折磨我們。而且，國家毫不厭倦地想方設法要決定我們的運行軌道。

因此你可能會以為，想要變得超有錢的最穩當辦法就是啟動你那比光速還要快的行銷驅動器，迅速投入生意熱絡的所在，離國家無上的經濟管控越遠越好。那你就錯了。在距離國家勢力最遠最邊緣的蠻荒之地創業得要費盡心神投入努力，是一場不停息的戰鬥，不是幹掉別人就是被幹掉，成功沒什麼保障。

才不呢，駕御國家權力為個人謀取好處，這方法要更實際得多。有兩類相關的參與者，早就明白這點。官僚，穿著官方的制服，卻私底下扶持其私人利益。而銀行家呢，穿著民間的制服，暗地裡卻是有官方撐腰。兩方面的協助你都會需要。但是在經濟起飛的亞洲是由官僚帶頭，銀行家多半順風操舵，所以你持續成功的關鍵靠的就是要能找對官僚交對朋友。

這會兒你就坐他面前，在他的官屬辦公室裡，空間開闊卻乏善可陳，這類官廳通常就是如此，窗玻璃滿是灰塵，國家領導人的肖像加了框掛在牆上，一個已經過世而另一個還活得好好的，還有需要換新座墊的笨重木質座椅，要是能重新規畫的話，可以輕易容納得了雙倍的訪客，而藉由其沉重且無效率地拒絕更新，大聲並清楚地表明其意圖。能有這次會面是付出好多賄賂才得以促成，最重要的是給官僚的私人祕書，若沒有經他同意，官員的行程表似乎總是塞得滿滿絕無空檔；今天的機會就是這麼來的，和最頂頭的首領本人面對面，總算能夠暢所欲言。

那官員不顧禁菸規定，從設備完善的保濕菸盒取出一支別人送的超級昂貴雪茄點上，而你除了一杯茶之外什麼也沒有。你這種人他太了解了，白手起家，後勢看好，而且由於他的教育、家庭背景和氣質，他看不起你們，但同時也頗為滿意，因為從挑戰現狀的請願人手裡拿到的錢通常要比只想維持現狀者更多。

你是被官樣作風所構成的一張黏呼呼的羅網帶到此處。許可申請被打回票，檢查沒有通過，儀表抄錯數字，查帳，多年來，所有這些詐財的手段以及官民鬥爭，全都是靠著收買低階和中階的官員才能擺平。但你已遇上進退不得的困境。你的公司已變得相當有知名度，至少產品已做出口碑，通常都能依據公認的標準消毒，而且用自己的品牌裝瓶販售。然而你要增廣規模和大企業一較高下，進入供應自來水的大眾市場，卻一直遇到阻礙。只有得到州政府許可的供應商才能參與官方單位的標案，而你為此提出的申請一直被打回票。所以你一直追溯拒發許可的源頭，也就是現在坐你面前的那號人物。

他噴了口煙，空著的那手，指尖就壓在一份檔案夾上，裡頭放著你之前沒多久才被退回的申請書。你滔滔不絕說著從技術上來看你的候選資格是多麼無懈可擊，你的資金以及專業，還有許許多多滿意的客戶。那官爺讓你暢所欲言，一吐為快，滔滔雄辯盡出，而當你終究把話講完陷入沉默的那一刻，用他那鍍金的鋼筆在一張紙上以靛青色墨水寫了兩個字，往你你面前一推。寫的是：「多少？」

你如釋重負。你已經跨越一道障礙，現在可以開始討價還價了。但你裝作不明就裡。

「長官，」你說道：「我們符合一切要件……」

「之前你們是不是市政府核可的供水商？」

「我們做瓶裝水生意幾乎快二十年了。」

「之前你們是不是市政府核可的供水商？」

「不是。」

「你已經得到許可供應大眾飲水了嗎？」

「還沒。」

「那就免談。」他慢條斯理用下巴吐出一個形狀完美的煙圈。

「政府要求的條件都已經符合了啊。」

「那些是可以量化的條件。我有責任要確保無法量化的條件也都符合要求。比如說，商譽如何？」

「我們是出了名的待人親切。」

「很好。」

你看著他。他應該是坐五望六的年紀，也就比你大不到十歲，但他可是生在權貴之家的天之驕子，不僅免除了體力勞動以及各式球類運動，甚至用不著自己提公事包。

他用手指輕敲你們兩人之間放的那份文件，把你的注意力拉回來。這年頭，很可悲，講話被錄音的話你很難發現。他寧願這檯面下的事別被人聽到。你假裝寫下一個自己覺得很了不起的數字，在那之前還裝模作樣停下來想了又想。那官僚急促搖搖頭表示拒絕，草草寫下一個要大得多的數字，不過已經降價了。你覺得這真是讓人滿意極了。他並沒有立即嚴加駁斥，就等於從掌握權力者的席位退下，成了生意人之流。你算是他的顧客，雖說你萬萬不能逼得太緊，可早就把他貪得無饜並極為有用的要害握在手中。你還了個價，但相當客氣。

不管怎麼說，沒經過上級主子的批准，那官僚無法自做主張，所以接下來那個星期，又和你見過面補足你所答應的細節內容之後，就要你去一位常在電視還有報紙上出現大眾相當熟悉的政治人物私宅。你是由司機駕著那輛笨重而只不過稍稍用過的二手高檔ＳＵＶ載進去的。司機旁邊配了一位身著制服的保鑣，雇用這人一般時候是要請他負責看守你們家的大門。你坐在後座，假裝在電腦上查看郵件，希望能造成一種貨真價實的印象。

出於害怕恐怖主義的心態，那位政治人物想方設法鞏固住家的保全措施，用強力手段逼使鄰居把房產賣給他，立起上頭架著鐵蒺藜的圍牆，高度遠遠超過規定所允許的程度，還在兩端街口設置非法路障。警察徒步來回巡邏，配備重武裝的快速反應部隊在貨車裡待命，準備好隨時亦步亦趨跟著他到處跑。他們讓你過關，可是車子還有那兩名部屬被攔下，這真是令你大失所望，往裡走的路上還被搜了兩次身。

那政治人物的辦公場所安排得就好像是古時候王公貴族的宮廷一般，也就是說，有一套給平民百姓等待的房間，另一套給權貴用，他和一票顧問占了最裡頭的密室。你們的交易是好幾股不相干的努力同時交織促成，有些是公開，有些則是私下，而且還有的顯然是毫無來由，或者除了好玩之外並沒什麼目的。裡頭的午宴遲遲沒有結束，所以咀嚼食物發出的聲音、還有反覆出現看來像是用好幾個手指拉扯的動作，其實是要把油、米飯以及任何一丁點可食的碎屑清乾淨，但是卻不需用到水或衛生紙。這些動作你見怪不怪，也沒有避之唯恐不及，之前那官僚早就跟你交代過了，而且不論如何，你最主要的感受還是認為能和一位如此重量級的人士會面真是一大成就。

你這案子毫不費勁就辦成了，說是古怪也行，那政治人物笑了笑，動動眉頭，詢問其中一位黨羽有沒有什麼意見，就跟他徵詢某位價格普普的妓女有什麼看法同一個神態。終究還是給了個數字。你口中喃喃有詞說了些場面話，低頭鞠躬表示接受，完全遵照那位官僚之前給你的指示。就是這麼簡單。

你駕著車離開，頂著美好、橙色、遭受汙染的天空，高高坐在ＳＵＶ上頭俯瞰那些低了一等的掀背車還有摩托車，你開始哼起歌來，要不是有員工在場才讓你沒有放開喉嚨大聲唱。真是費盡千辛萬苦啊。眼前就是你們公司，占了市中心百貨商場的整個二樓，底下是一大堆熱熱鬧鬧的店鋪。保全還有停車場的管理員跟你請安，你一站定，電梯門豁然打開，當你踱步從少數幾位管理人菁英的辦公桌前經過，對著眾人頷首示意，立即激起一片掌聲。沒錯，你的會談十分成功。

你到家的時候，兒子正在草坪上發表演說。這時已是黃昏時分，蚊蚋最喜愛的時刻，而他穿著短褲T恤，見他棕色肌膚露在外讓你十分擔心，直到他跑過來跳進你懷裡，讓你有機會抱起他那結實的小小身軀，脊椎一節節因重力拉動而咔咔作響，身上傳來合成的檸檬—萊姆味驅蚊劑，這才放下心來。你兒子是一位臉圓嘟嘟，頂著個鍋蓋頭，身高僅及大人腰間的演說家，今天晚上他召來的除了保母之外還有廚子和搬運工，全都因為你出現而明顯變得正經起來。你的孩子正在對這些人發表一篇政治演說，八成是在模仿從電視上看來的東西。

「要是我當選的話……」

你看著聽著，如同一直的期望但願你能花更多時間陪他，能帶著他一起去工作，或者，最好能在這陪著他還有他的玩具，而同時你又想到自己的父母，了解到就在半個世紀之前，他們一定也曾經歷過如今你所感受到的那種情懷，只不過他們的情況是更為心懷憂慮，因為雖說疾病或暴力當然也有可能把你兒子擊倒，但由於你的細心關照，小孩早夭的可能性已被大幅降低。

你突然發出一陣呼嘯，打斷他的演出。他一溜煙衝入屋內，尖聲怪叫，而你喊著說要把他給吃了，但你一進屋就安靜下來，巷裡停著的好幾輛汽車就已經警告你說家裡正在舉辦聚會呢。你老婆和十多位婦女圍坐一處，她們頂著頭巾，有幾位甚至把臉都蒙住了，正激烈爭論著。你的招呼激起她口頭回應，但她的眼神落在你兒子身上，而且就單單對著他投以一抹微笑，看著你們倆往樓上走，保母拎著滑板車跟在後頭。以你老婆為中心的談話因她注意力突然這麼一轉而停息下來，不過等她歪過頭舉起雙掌對同伴示意，又同樣熱烈繼續接著進行，就好像是在操控什麼見不著卻重大的力量，或交流一種深沉且共通的怨氣，要不然就是在撐著一雙隱形的乳房。

距上回你進她體內至今已經過了五年，就和你兒子的歲數一樣。你們的親密關係早就不怎麼頻繁，而且，為什麼她一完成學業並把子宮內避孕器拿掉就能馬上懷孕，只能說是運氣實在太好。然而，生產倒沒有那麼簡單。嚴重的三度會陰撕裂傷損及你老婆的括約肌。靠著重建手術還有數不清多少鐘頭的物理治療，她克服了上述狀況所導致的失禁，她如今已能完全擺脫卻被迫得要穿著的尿布，那對如此年華的少婦來說真是個奇恥大辱，而且還很噁心，因為那和月經對比真是差個十萬八千里，滴滴答答的糞便會害她變得既不正常又發出異味。但在這過程當中你幾乎是完全沒有參與，充其量只不過是對她的詳細處境笨拙地一知半解。你一頭栽入工作，出於教養還有性別差異而有所顧忌，而且再怎麼說也是只對那位你永遠無法企及的女子神魂顛倒，你的確是盡責地把應該出的錢都付了，但也就僅此而已。

然而，隨著兒子成長你已經有所改變。送去醫療處理，血淋淋，還配上尖叫聲和消毒水的氣味，他的出生彷若死亡。那情況把你嚇到了。而且，漸漸地，孩子開啟了早已被遺忘的感受力。做個父親教會你一件事，就算已經是個中年人，愛總是行得通。你能夠疼愛那些新加入你世界的成員，想像（不管是多久以後）會和一些未曾參與過你過往歲月的傢伙有個幸福的未來。而且，就這樣，心裡有了這份想法，你嘗試要向老婆示好，靠著你兒子這個強而有力的聯繫建立家庭，讓老婆開心，求得她的笑容還有愛撫，誘使躺在平行放置另一張床上的她又再回到你身邊。

可是只要你又轉往她那個方向，試著要看她一眼，就好像第一次發現那是個成年人，是一位相當了不起的母親，是一名鬥士，更驚訝於她的成熟韻味還有那永不嫌累的意志力。而你想要與她聊聊，摸摸她的手臂臉蛋大腿，卻發現你老婆意興闌珊。她從來不曾發飆對你大吼。事實上，她對於你的年齡一直展現出某種很有教養的同情心，如今你渾身上下的小病小痛沒完沒了，從脊椎到牙齒到膝蓋都不對勁，看來兩人之間的歲數已是差得越來越遠。但她避免和你討論不那麼實際的事情，讓你想要進行這類談話的嘗試遇上困難，就像那是違反了雙方之間的停戰協定。她的注意力放在別處，在她兒子身上，還有她那一幫懷抱宗教情操的活躍分子。

和那些人在一起，她展現出超乎年齡的穩重成熟，享有某種深具影響力的地位，即使說那當中有很多人其實比她還年長得多。當然啦，她在法律方面所受過的訓練，還有相對而言的富裕生活，的確占了優勢，但那主要還是在於她的行為舉止，她自發的熱情以及明顯可見的無所畏懼，配上她令人解除心防的溫情，正是別人爭相追求而僅有少數幸運兒才具備的特質。

你注意到，今晚當她披著頭巾來念床邊故事給兒子聽並且哄他入睡的時候，你黏著孩子不放不僅只是因為對這男孩有感情，當然這絕對是鐵打的事實，但也是因為在這會兒，當你雙手抱著你的小孩，就擁有了她想要的某個東西，而這你一方面想要延長下去一方面又覺得遺憾，甚至是十分羞愧，只能以此方式表達。

抱著期望或許可以對你與老婆的關係有正面助益，幾個月之前你將她的一個兄弟引進公司。這不過是在早就得靠你賞碗飯吃的一大票親族之上再添個人，這票人當中有好多根本對你的企業沒什麼具體貢獻。但打從一開始這小子的聰明才智和教育程度就和其他那些人有所差別，以至於你還打算培養他成為接班人。

從剛講那個官僚手上拿到市政府發的銷售許可證，並且拿到第一份提升公用給水的合約，你就是帶著這小子到海濱大城出差，把卡在海關那的機器設備領出來。你們倆一塊搭車趕往機場。跑道另一頭新建了座航站，和之前的舊建築遙遙相對，原先的農地如今已被環狀公路包圍其中，旁邊還有住宅開發案、防禦工事、和貧民窟夾雜不清的村落、高爾夫球場，以及三不五時出現而各方競相爭取的田地，目前尚未有什麼建築而依然布滿芥菜、小麥和稻子的秧苗。

由於中產階級過度臃腫，就像青少年過度鍛鍊的肱二頭肌一樣與總人口當中瘦弱的身軀極不相襯，航空交通大幅暴增，如此的需求是國營航空公司無法滿足的。為了在你所選的時間搭上飛機，得用沒什麼人在管的私營航空公司。一上機，你發現這家航空公司八成具有軍方色彩，別的不說，最明顯的就在於引擎外罩的奇形怪狀，還有後方開啟的傾斜坡道，恐怕是相當適合讓榴彈砲或是裝甲運兵車上機。對於搭機你一直抱持著宿命論觀點，不過，當你隨著升空時強大而劇烈的震動呼嘯著穿透機身而來，不禁讓你心生遐思，身為一名父親你並不想要這麼早就和你兒子天人永隔。

你的小舅子一看就知道是相當興奮，很得意能夠坐在商務艙，還能訂到一間相當華麗的旅館。他和你老婆長得很像，不過比較胖、比較矮，還留了小鬍。他等於是你老婆在身高方面有所壓縮，寬度和厚度有所延展，然後賦以男子氣息，就好像科學博物館裡數位魔鏡所用的那類電腦程式做出來的那副模樣。他擁有一樣白皙的膚色，性感的唇，同樣的呼哧聲。你並沒有意識到，你會讓自己對這小子心生好感，並不是由於他個人的品格而是由於他唯你是聽。

到目的地取了行李離開，一股帶著鹹味的熱氣迎面襲來，你總是為此激動興奮，在你以為這地方就是和金錢、大生意畫上等號。身旁的群眾比你在本城所能見到的更多樣，他們所用的語言更多種，他們的皮膚和嘴唇和頭髮就展現出演化學在地理層面上更為廣闊的樣本。他們被吸引到這座龐大的城市是由於與其海港有關的商業活動，地處將新興亞洲、非洲、大洋洲還有更遠處聯繫在一塊的船運路線之間，而且也是被它讓人害怕的規模所展現出來的力道所吸引。

一部豪華巴士將你們倆載到下榻的旅店，旅店位於高級地段，與成群的領事館還有跨國公司辦公室為鄰，它們會聚集於這個地點，一方面是殖民歷史使然，一方面則是萬一有需要的時候比較容易用到海軍的撤離服務。從位在高樓層的房間往海面望去，真是令你目眩神迷，一個來自遠方平原地帶的男子，見著海水碎裂開來的表面映著陽光，點點浮雲從上頭飛快飄過，變幻成各種色澤。你小口品嘗精緻的巧克力還有各色異國莓果，雖然過於細膩並不能算是一餐，同時心裡想著，成功大概不過就是如此吧。依稀可辨認出位在遠處的碼頭。你訂購的機器就在那等著呢。

你並不曉得，同樣這個距離，而且是沿著海岸的另一方向，正是漂亮女孩住的地方。她正坐在私人泳池畔，樹蔭底下，身著淺黃色泳裝配上復古的深黑墨鏡，一邊還用根扭曲的吸管啜飲無糖飲料。她才剛從一個又一個半島啊小島啊玩過一遍回到家，每半年她得來趟採購之旅，這次是最新一趟，因為每次為期一週的旅行，簽證手續至少需要花費兩週處理。

你到這大城來的時候和她重新聯繫上，最後無意間透過某位白天在家族航運公司任職的主管，他夜間是個當代藝術及時尚盛會的常客，而當他在辦公室裡告訴你說幸虧你那位官僚介入，海關同仁才能讓你的貨物加速通過進口檢查好讓留埠費用減到最低，而你見到他辦公桌上有張參加某個頒獎典禮和一大堆名流合照的相片，便看似輕輕鬆鬆地問他是否認識那漂亮女孩，他就說了，哦是啊，當然認識。

透過這人你了解到，雖然她已經有一段時間沒在電視上露臉，她人好得很，而且相當忙碌，在經營一家高檔家具古董店，而且，由於他對這類事情總是看得很清楚，你一說不過是個舊識罷了他就曉得其實真相有所隱瞞，於是告訴你，她目前是某個剛死了老婆沒多久的建築師的情人。

這幾句閒話顯然引起你的興趣，即使說這興趣僅僅是回憶加上想像的產物，而且你強烈地感覺到，究竟是什麼你也不十分確定，是幸福感或者哀傷或兩者皆非，一種令人屏息的情緒，一股激情，就跟氣喘發作一樣，覺得胸中空空洞洞難以填滿。她自個的反應並沒什麼不同，幾個星期過後，那船公司的代辦在一個午後的海濱招待會發現她，然後悄悄靠了過去，熱切的聊起來，聽到他故意說溜嘴的名字當然會更加驚訝，就像是在熱情擁抱之際突然來個響屁。

所以漂亮女孩知道你已經身為人父，然而同時十分諷刺，某個方面來說，雖然她從來不曾想要有小孩，因為她最近已經進入更年期了，而且你的事業蒸蒸日上，更由於你身邊一直有個性感的年輕小子跟著，一種粗獷的男子氣概，一絲未經琢磨的質樸，在你們那兒落後地方人們所常見的招搖姿態，在這大都會卻是少得如此炙手可熱。她笑著聽這些描述還問得更仔細些，但決定不洩露和你共享過往的任何細節，因為如果出於什麼理由之前並沒有和任何人講過這件事，那麼過了那麼久恐怕也用不著舊事重提。她只說，從前從前，你和她走得很近。

這樣她就心滿意足了。她從電視上的大廚師轉變成精品廚房展場的老闆，再轉變成獨一無二的國際家具與高級家飾品經銷商，並非總是一帆風順。不過如今她的事業已經漸入佳境，有位相當傑出的幫手，一位受過良好教育又離過婚的女性，能在她長期出國旅行的時候一起作伴並且幫她翻譯，漂亮女孩酷愛旅行，把每一趟行程當作是場冒險之旅，至於她那些戀愛的糾結對象呢，這麼說好了，最近也許沒那麼帶勁了，但至少還一直都有。

她一邊和那位航運代理談論你的事情，一邊看著兩名身著傳統服裝的侍者設法要把一大塊冰雕而成的蘭花重新擺好位置，同一時間你也正看著人來人往，站在你的取水工廠建築基地，旁邊陪著的是你那位小舅子。雖然你的計畫只有普通規模，他都對著你雇來的工作人員大呼小叫，這變革你十分重視，因為如此做法更添彷若專業一般的裝腔作勢。你戴著塑膠製的第二層腦殼，頭皮滲出汗來，烈陽無情地直射而下，而且汗水滙聚成小溪流刺激眼睛、鹹鹹地刺激你的嘴巴。

你腳下是永不枯竭的含水層，成千上萬急著想要喝水的傢伙用機器動力的鐵製吸管鑿井取用。你的工廠並非同類當中規模最大，但是比大多數其他人的還更搶眼，閃閃發亮且保留原貌還是新的。然而，親自站在那裡，一時之間你感受到某個難以解釋的東西，或至少你以為自己是如此，一股炙熱的氣息帶著如鐵鏽般的血腥味衝上鼻頭。

今天你老婆無疑又會忙著和她的那個女性團體一塊協助另一名受虐婦女，或無家可歸的棄婦，或分不到財產的遺孀，這些行動都很好而且和你沒什麼關係，但終究是帶有那麼一點暗暗責備的意味。你閉上雙眼，傾刻間被一股奇怪的悔恨感所籠罩，或許是由於這計畫的時程延宕，或為了你的婚姻現況，或是為了對兒子來說這老爸的年紀未免太大，為了很有可能注定兩人的生命交會太過受限。但那情緒很快就過去。你收拾心情，往地上吐了一口濃痰，振作精神，敦促焊接人員要加緊趕工。

9／投靠戰爭行家

訊息就是權力，
已成了戰爭的要點，
而戰爭正是追求權力最為赤裸的手段。

我們全都是訊息，所有人，不論讀者抑或作家，你還是我。我們細胞內的DNA，神經裡的生物電流，腦中的化學成分起伏，體內原子以及其內部次原子粒子的構成，星系還有那些繞著打轉的星座，不論是往外探索或是向內觀照，每一分每一毫全部都是訊息。

那麼，這整個訊息是否尋求自我認識，那樣的尋求是否為整個宇宙趨向的終極目標，顯然我們還沒能十分確定，不過呢，我們人類演化至今，成為一種能夠持續增進對於訊息之理解的訊息型態，不由得讓人有此聯想。

訊息就是權力，這我們倒是清楚得很。正因為如此，訊息已成了戰爭的要點，而戰爭正是追求權力最為赤裸的手段。現代的戰鬥場面裡，戰鬥機飛行員，以音速的兩倍在地球表面上方高速競逐，兩隻眼睛分別接收不同的訊息串流，譬如說，一眼監看雷達反射還有熱追蹤標記，另一眼則搜尋遠方金屬物體反射的一抹陽光，這套本領需要心智與感官的多年再教育，以及費勁的人體迴路重建，或說是升級，如果你願意這麼說的話，而那大將軍在地面上眼見他的敘事和其他同時代者的敘事同時展開，確實就像新興市場的權證交易員那般，跟猛按電視遙控器的使用者，以及開啟多重視窗的使用者沒什麼兩樣，我們全都學會把這訊息組合起來，在其中發現模式，不可避免地在裡面搜尋自己的身影，以無數其他人的即時故事情節，重新組成貌似可信的畢生經歷來述說一個統整的自我。

在這方面，恐怕沒人比得上被委以國家安全重責的組織裡最高層那些人，一心一意奉獻於此，或說是投注全權負責人那般的激情。即使正式來說他們所處的社會算是承平時期，對於權力的索求卻是永無止盡，那些戰爭行家還是活躍得很，就算沒有公開表示敵意的對手出現，仍可見到他們若不是在搜捕抓不完的內部敵人，就是在瓜分濫殺者總是恰好手到擒來的戰利品，通常是以採購合約以及股價波動做掩飾，把好好的日子搞得烏煙瘴氣。要在這類投機事業裡跟別人合夥，就是應邀坐上那鋪了裝甲、信號干擾，發射耗乏鈾砲彈的龐大武裝直升機邁向富有，所以說到了這個時刻你會想到自己也攀上那架直升機，是再自然不過的事情了。

從世上各個國家安全機構的觀點來看，你會在幾個地方出現。不動產和所得稅資料會留下你的蹤跡，還有護照以及身分證的資料庫。你會被登載在旅客名單以及通話紀錄上。你在電磁屏蔽之下的軍方情報單位伺服器裡頭哼哼唧唧，深藏於原始的曠野和難以親近的崇山底下，存在他們費心所做的備分裡。你化成了指紋印、五官比例、齒科紀錄、語音形態、消費紀錄、電子郵件來往。而你是少數幾位合適人選之一，現正坐在豪華轎車後排，通往你們城裡軍營的入口檢查哨，接近一名身著戰鬥服的憲兵。

這憲兵只有幾秒時間判斷，究竟要叫哪輛車停到路邊讓他的單位搜查。貨車、巴士，清一色都是還不到中年的男性乘客超過三人同車，全都被迫受檢。至於其他，他靠的是直覺以及隨機，可想見這在任何防衛系統裡都會是個致命缺陷。顯而易見他並不喜歡你的長相。有錢的老百姓，在他看來，算是某一類的竊賊。他們一代接著一代把國家掏空。但有錢老百姓也可能會和大將軍們有所來往，所以這批人所占的位置，就多少超乎軍官、士官、義務役、忠誠國民、敵人這幾類清清楚楚的五大階層之外。他雙眼掃視你的臉部表情，見你一派鎮定，然後是你同事以及司機。他揮揮手讓你們通過。

進到軍營裡的整個過程，都被一個接一個的閉路監視攝影機拍了下來。透過它們的單色光學感測器觀察，你們那輛轎車的高檔金屬質感黯淡無華，只是如同鼠輩般的灰。你身後的景象打從國家獨立以來就沒什麼變過，修剪整齊的草坪，畫上部隊軍徽的大會堂，樹幹都從地面往上漆成白色直到人的腰部那麼高。師部和團部指揮官的家宅就和經濟寡頭權貴比鄰而居，到處瀰漫一種秩序不容妥協的氛圍，樹木的優雅姿態漸漸成為你城裡難以見到的景致，除了這座武裝的要塞，外頭大多已被徹底翻攪過了，就像是有一大群居無定所的游牧部族把王城團團圍困在其中。

另一隊憲兵目送你出了軍營，十分鐘後，私家保全警衛監看你從標識著菁英住宅社區的拱門底下通過，這一區是由軍方相關企業所構成的複雜網絡推出銷售、開發，並且負責治理。到了這企業的總部，你和副手兼總經理，也就是你的小舅子在此下車，屋頂上的狙擊手目不轉睛監看你們的一舉一動。進屋裡，一位已退役的准將和你握手，領你們來到會議室，帶著主人的氣度跟你講最新的規畫。

「第十期可不得了，」他說。「比第一期到第五期全部加起來的規模還大。比第七期和第八期加起來還大。甚至比第六期大，那已經很壯觀了。第十期將會是個里程碑。旗艦商品。用這第十期我們就可以提升到另一個境界。第十期將會自備發電廠。第十期絕不缺電。」

他頓了一下，等你答腔。

「了不起，」你的小舅子順勢接話。「超乎想像。」

「這還不算。其他高級住宅區也有設置發電廠。我們每一期、每個城市裡的開發案，全都會推出這項服務。那可不，第十期與眾不同的地方在於供水，請你來就是為了這件事。水。住在第十期的社區裡，只要扭開水龍頭，就可以生飲。哪都可以。花園裡。廚房裡。浴室裡。可以飲用的水。你進到第十期的範圍，就會像是進入別的國家一樣。其他大洲。就像是你已經到了歐洲似的。或是北美洲。」

「並不需要踏出家門，」你的小舅子接著說。

「完全正確。不需要踏出家門。在地的享受。但這是一個安全、用高牆圍起、維護得完美無瑕，夜間四處明亮、噪音受到控制，完全合乎規矩的本土版本。這對整個國家，還有海外的國人，都算是一種啟發。就連水都是最頂級的。世界級水準。」

你的小舅子附和著更加強調。

「辦得到嗎？」

「辦得到。」

那位准將面露微笑。「正確答案。當然可以辦得到。重點是誰能辦得到。誰會成為我們在本地的合作夥伴。我們要設一個供水部門。我們會找來頂級的國際專家。可是我們需要有人來執行，在這城裡有實際經驗的人。正因為這樣，才會把你列入我們的最終名單。那將會是我們的品牌，對大眾的門面。那是當然。但我們沒辦法獨力辦到，目前還不行。所以和我們合作可以賺進大把鈔票，尤其是我們正在加快腳步的這段期間。」

「我們很榮幸能有這個機會。」

「是嗎？」那准將目光直盯著你這個方向，到目前為止你都一直靜靜聽著他自吹自擂沒有吭氣。他可以看得出誰是謹慎小心的老江湖，而且他自認為曉得你在想些什麼。技術上的挑戰相當艱鉅，更別提年復一年這城底下的地下水位直直落，更變得汙染加倍，有毒化學物質和生物毒劑滲入地下水，就像摻雜的不純物質滲進毒蟲破敗的血管裡。這得需要強而有力的抽水及淨化設備，再加上，很有可能計畫要從原本供作農業灌溉的溝渠取水來用，那些大家激烈爭奪的水資源本身就載滿殺蟲劑，以及沖刷流失的肥料。

然而，他懷疑並不是這些障礙讓你裹足不前。才不呢，那准將這麼認為，你這麼機警是因為你很明白一旦我們和軍方有關係的企業進到市場，那麼前線的變化會十分迅速。我們得到絕無僅有的許可。官僚程序遇到我們全都煙消水解。而我們的競爭對手則是被糾纏得難以脫身。因此我們可以快速進展。這就使我們成為商場上可怕的對手。但也使得我們的前景更令人振奮。在這案子裡我們只會勇往直前，才不管你是不是要和我們合作。當然啦，最好是選擇和我們站在同一陣線，而不是另一個被我們徹底擊垮的當權派。再說，至少在可預見的將來，我們會讓你賺入大把大把的鈔票多到搬都搬不完。

「是的，」你免不了會這麼說，正如預期。

那位准將點點頭。「很好。下星期之前就會把採購需求單送去你們那。諸位。」

他站起身來，會談就結束了。

當晚，來了四個穿著制服配備霰彈槍的保全人員，兩兩一組每隔十二小時交替換班，還有就是高高聳立、頂端設置鐵蒺藜的分隔牆，以及一把個人用的九釐米自動手槍收進你上了鎖的書桌抽屜裡，一大套各種措施都是要讓你們家不受強盜、綁架犯還有使出陰險手段商場對手的侵害，這些都不是假設性的顧慮，你的財富經常受到威脅，便在你家的鐵製大門邊上設了個哨亭，讓其中一名保全繞著你家房產外圍巡邏。這位退役的士兵，靠著從保全公司拿到的薪水、你那邊所給的過節獎金還有軍方的退休俸，三份合起來賴以為生。為了拿到退休俸，或者也許是出自比較沒那麼交易性的愛國心，他仍為國安機構擔任耳目，成為整個祕密會社龐大結構的一個小小部分，不單只在你的城裡，而是在世界各地所有國家所有城市都嗡嗡嗡忙個不停。

此時此刻他的耳目，或該說是他的雙眼，距離多少使得他的耳朵沒那麼好用，就會讓他提報說可以透過窗玻璃見到你，坐在廂房的餐桌前，就跟平常這個時候一樣，等兒子回家，可看見他正穿過剛進門的大廳，而另一側則是你老婆的廂房。她在自個所設立的宗教慈善社團裡相當受敬重，白天班的守衛到目前為止最常做的工作就是簽收川流不息湧來要捐款給她的掛號信，還有為她那幫服裝充滿朝氣、虔誠的女性志工開關大門。

守衛和其他家裡請來的傭人都曉得，你和老婆彼此各過各的，不僅從房屋的平面圖來看是一分為二，還擴及性事和經濟層面。你的老婆總是單獨一人睡，還堅持自己的花費要自己付帳，這些都是由她從那基金會所賺來的微薄薪水支付。打掃的女孩曾偷偷聽到她說只會在兒子成年之前和你住在一塊，眼前不過就是再幾年的工夫，而在那守衛眼裡，她實在是美若天仙，貞潔又堅定，看到她未經染整的灰髮，不過是偶爾會落下一綹讓人見著，就足以讓他老於人事的心靈又再有所悸動。

守衛監看著，當孩子回家吃晚餐的時候和你來個擁抱。你兒子在同齡當中算是高的，幾乎已經要和你齊頭了，但體形修長弱不禁風，這麼一個憤世嫉俗的青少年花了過多時間宅在自己房間裡。然而你看著他的神情，就彷彿他是最出類拔萃的佼佼者，體魄強健心智活躍，天生要做領導人的料。家裡的人往往會說，你每天和兒子一起吃晚飯的那個鐘頭，不管是微笑或是大笑，都要比其他二十三小時來得多。

當晚稍後，透過書房窗簾未合緊的隙縫，守衛見到你把檯燈點亮，獨自一人，坐在視線以外見不著的某處。你的隨從拿著個碟子進來，裡頭裝的是你的膽固醇還有降血脂用藥，一湯匙的車前子，還有一杯清水。他把東西放下就空著手離開了。燈依然亮著，但從守衛所站的優勢位置看過去，並沒有見到你有什麼動靜。

然而，當你在網路上處理郵件、閱讀新聞、搜尋、在某個家具精品店的網站閒逛之際，可以透過網路追蹤你的一舉一動，實際上也確實被追蹤，和我們大家都一樣。網站乏善可陳，並沒有提供線上訂購服務，甚至連個目錄都沒有。那不過只是個首頁，放了幾張照片還有些文字，聯絡方式項下留了電話號碼、地址以及地圖、店東的簡歷，從她所提供的照片判斷，這是位六十好幾的女性，做過許多不怎麼正經的事業。總而言之，無垠網海當中的這個位置會引起飲用水供應商的注意，真是十分奇怪。網路瀏覽紀錄指出，之前你沒有來這逛過。而且，在這之後也沒有記錄到你再度光臨。

我們所說的那個網站是登記在另一個城市，店東的地址，就和許多人或可說是幾乎所有的人一樣，電腦使用者從來沒怎麼考慮過像是防火牆、系統更新，或者反惡意程式應用軟體之類的事。因此她的手提式電腦，即使是光鮮亮麗又先進，根本就是擠滿了各種數位生物，差不多就跟鍵盤滿布肉眼看不到的細菌和微生物是同一個道理，不過在那一大堆不請自來的程式碼闖入者之中，就有個可以讓機器本身所附的攝影鏡頭還有麥克風從遠端啟動監控，這件事可不是什麼單細胞原生動物能辦到的事情了，實際上，就把那一部手提電腦搖身一變成了監視裝置，或者，依據其監控軟體管理者的企圖，變成偷窺式脫衣秀以及色情影片的製造工具。

不過呢，目前為止倒沒什麼如此騷動人心的東西。那部開啟著的電腦放在檯子上，透過它的鏡頭就可以見到有名女子坐在矮桌邊，邊吃飯邊用紅酒佐餐。

漂亮女孩聚精會神，並沒有看她的手或看著食物，但可以聽到音樂聲，然後是對話，接著是一場暴風雨，到最後才搞清楚原來她正在觀賞影片。影片播放完畢，她就把燈關了消失於視線之外。隱隱約約可以聽到水龍頭放水的聲音。透過開啟的房門可以看到她進臥室裡去了，穿著睡衣用一塊又一塊圓形棉墊以及從某個透明藥瓶裡倒出的液體清潔臉部。她關了臥室門，上鎖，透過手提電腦的麥克風可以聽到扣門滑動的聲音。桌燈滅了，從她房門底下洩出的亮光也告一段落。

隔天晚上，漂亮女孩很晚才回到家，穿著打扮看起來是去參加宴會，高領、無袖的上衣裸露出肉感的雙臂，健壯得血管清晰可見。但再隔天晚上又是漂亮女孩獨自一人，邊看影片邊配酒享用孤獨的晚飯，而就在這第三晚她接到一通手機來電。是位女士打來的，很容易就可以認得出來那是漂亮女孩的助理，因為她所用的手機和某個電子郵件帳號連結，裡頭把漂亮女孩的活動都依照時間順序記錄下來。

她們的談話錄音顯示出熱情的語調，顯然這兩位並不只是工作上的關係，還算朋友。她們討論到要去某個熱帶國家進行採購，那兒是以森林茂盛、島嶼眾多，還有火山聞名，可以推測那裡的家具也是世界有名。透過她手提電腦的攝影鏡頭觀察，漂亮女孩顯得興奮而活潑，這些到國外的旅行好像是她衷心期待的事情。助理告訴她簽證已經辦妥發下，班機和旅館都訂好了，而且她們在當地的聯絡人也接到通知準備妥當。言談間提到幾家餐廳，還有某一類她們想要去參觀的音樂演出。再過一個星期就要出發。

漂亮女孩講完電話嘴角還掛著微笑。她的手提電腦角度偏離臥室，所以這天晚上沒辦法看到她的那些睡前準備工作。看出去只見到她窗戶上的鐵柵欄，又粗又密，而且家裡牆上還高掛著四四方方的動作感測器。在那下方，靠近前門的位置，則是她家中警報系統的控制面板。控制面板上有個燈由綠色變成紅色，表示警報系統現在已經啟動了。也許這是自動的，設定於某個預先規畫好的時間。或者有可能是漂亮女孩從她隨時拿在手邊的子機啟動。

外頭的街道，有一通電話打到警察局通報發生了槍擊案。並沒有人被立即派去調查。另外的某處，海灘上撈起一具無頭屍，雙手十指都沒了。犯罪統計數據能夠證實，近來這一陣子富人住宅區有相當多被偷或被搶。當然囉，貧富之間差異懸殊，更助長此類事件。但是，想要以武裝方式重分配珠寶或者行動電話的任何個人嘗試，遇到組織性地下社會為爭地盤而發生的衝突相形見絀，因此，即使是在這麼分配不均的大城裡，今晚所發生的種種暴力事件有絕大多數會傷害到住民相對比較貧窮的區域。

武裝警察被派來避免這類打鬥一不小心就會波及那些被認為是與國家安全至關重大的地區，譬如像是港口，或高級住宅區，或是大企業和銀行總部大樓一幢挨著一幢的那些頂級商店街。事實上，此時此刻，漂亮女孩、她的精品店還有她助理開戶那間銀行的總公司大樓，距離某個武警檢查哨沒有多遠。

檢視漂亮女孩的帳戶資料會發現，雖然算不上是錢多到花不完，倒是有相當充裕的緩衝空間可拿來周轉，而且她那間精品店的營收雖然起起伏伏，平均來說都能設法有若干盈餘。她的助理在某個限度之內得到授權能動用精品店帳戶，顯示出一種十分難得的充分信任，在她受雇於漂亮女孩的這十五年間，豐厚的薪金逐年持續調升。這名助理的每月開銷，包括像是家用、房租、再加上完全沒有孩童上學的支出，暗示她也可能是一個人住，也或許是和老邁的雙親共同生活，因為她的信用卡也顯示出經常有醫療花費，請款的人是五花八門的各科醫師、驗檢中心和醫院，往往還會超過她的月薪，然而漂亮女孩總是按期全額付清，直接把所需數目從她個人帳戶匯入助理名下。

高聳入雲的銀行辦公室最頂端，燈光一明一滅好讓來往的航空器避開，沉著安詳地亮著，俯瞰整座城市。在它下方，透過直升機平台的監視攝影機看出去，這大都會有些部分陷入黑暗，電力供應不足就得讓整塊區域完全沒有照明，各區輪流限電，通常是照著時刻安排但也不那麼準確，而在這些黑漆漆的段落裡，在如此深夜時分，幾乎什麼都看不見，只有那些自備發電機的少數幾幢建築、主要交通要道，或者，某條蜿蜒的側巷，可見著車輛的頭燈流動著，如此暗淡甚至可能是個幻覺，或是某輛機車的尾燈突然拐了個彎，試圖避免什麼不可知的危險狀況。

一星期過後，漂亮女孩和她助理搭著預定航班往上爬升朝外海飛去的時候，在下方的城市看來就像米黃色以及不純奶油色的拼貼作品，沐浴在陽光當中逐漸朝著遠方退去。國際水域有艘戰艦，艦上雷達發現這架飛機並且識別為並不會構成立即威脅的民航客機，然後就幾乎不再去管了，這艘海軍艦艇倒是忙著用它的天線持續搜尋從海岸軍事設施發射出來的電子，就像是在嗅聞飄散於空中的費洛蒙。

噴射客機一直升高，穿過三三兩兩的鬆散雲團。就在差不多同樣高度，雖然是在遠方的內陸，有一架實驗性的無人空中載具往相反方向巡航而去。它的體形小而且航程有限。它最主要的優點是成本低，可以大量取得，而且相對來說比較安靜，能夠絲毫不受阻礙地執行任務。對於它在外銷市場取得成功的期望很高，特別是針對警察還有在都市作戰而經費有限的軍隊。

今天這架無人機在其上空飛行驗證其參數的那個城市，有群人正聚集在市郊某座墳前。附近停放的車輛之中有兩輛特別顯眼。其一是部休旅車，貼了某個商用噴漆廠家的電話號碼，甚至說不定是死者所擁有，因為是用它來充當靈車載送白布裹著的遺體。另一部是高級房車，裡頭出來兩名身著西裝的男子，六十好幾的先生，以及比較瘦的十多歲小夥子，也許是他孫子吧。這兩位私下約好穿得正正式式，和大部分其他前來弔謁的人形成對比，但這些一定是和死者比較有關係的人，因為他們親自扛著屍體到剛挖好的墓穴。年長的那人開始啜泣，不時還會彎下腰來，似乎是一連串嚴重咳嗽。他抬起頭望向天際。

無人機繞了好幾圈，高倍率的監視眼連眨都不眨一下，持續飛行觀察下去。

10／與債共舞

用借來的錢，公司就可以投資、併購，擴張。
借錢就是取得槓桿，而槓桿有如一雙翅膀。

我們得趕快，因為現在正朝向終點加緊腳步，是讀者你的終點也是作者我的終點，同樣也是這本自我成長書的終點，嗯，反正書裡所說的自我，還有它所提供的協助，不過就是書罷了，而身為一本書，還是得要有書的樣子。

寫作者的手指飛快鍵入而讀者目不轉睛飛快瀏覽的同時，你處於人生第八個十年的最頂峰，頭幾乎已經全禿，身形單薄，堅持著抬頭挺胸。你父母都死了，倖存的哥哥、姊姊也已不在人世，老婆離你而去和另一名外貌與年齡都與之相當的男子結婚，而且你兒子在北美洲完成學業之後已決定不要回國，雖然亞洲已經崛起，對一名乾瘦而蠟黃的年輕觀念藝術家來說，顯然北美洲還是有其魅力。

從辦公室的窗戶往外望出去，你見到整座城市到處都在發展變化，分區規畫限制悄悄退場，深掘的基坑以及還只有骨架的建築基地把土地都占了，從航照圖看的話會發現那些位置才不過幾年前曾經擠滿了富麗堂皇，如同糖果屋一般的別墅。從你那看過去，夕陽西斜，就要落入地平線。你可以聽見有個聲音。那聲音是由你的前小舅子發出來的，他依然是你的副手，現正坐在你身後而且又再來懇求你去多背些債。

這方面他說的當然沒錯。用借來的錢，公司就可以投資、併購，擴張。借錢就是取得槓桿，而槓桿有如一雙翅膀。有了槓桿就能飛。槓桿就是以小搏大，大還要更大的絕佳途徑。槓桿是個亮麗的抽象概念，今日承諾明日的事，沒錯，不受時間限制，人類意志完勝繁瑣、困於時間序列的物理現實。運用槓桿就是取得不死之身。

如果這麼講不正確，你的副手強調，至少反過來說是對的。

「要是我們不去借錢，」他這麼表示，「那我們就完了。」

你轉身，視線從窗戶那移過來，坐回到他面前。「你太激動了。」

「我們的規模不再有競爭優勢。供水業界正在整合。兩年內，本市的業者不會有十幾家還在經營。只會有三家。了不起四家。而我們根本排不上。」

「我們以品質取勝。」

「別自欺欺人了。我們的品質比別人也好不到哪去。鬼才曉得那是什麼水。合不合乎標準，不是你說了算。」

漸漸的，你副手跟你講話的口氣已開始轉變得近乎強迫。這究竟是因為他把自己姊姊和你的婚姻失敗怪到你頭上，或是因為他年紀輕，隨著歲月摧殘你的身體，他也就越來越不怕你，還是因為他總算有了信心，認為自己對於你們公司的順暢運作不可或缺，你根本無從得知。

「事情不是這樣的，」你說道。

「沒錯。但也差不多是這樣。我們有兩條路可走：找一家競爭對手把它買下來，或是自己待價而沽賣給別人。什麼都不做，我們等於坐以待斃。」

「我們公司才不會待價而沽賣給別人。」

「你只會這樣講。那就去買別人吧。」

「我們才不要背那麼多的債。」

「是有風險。一場豪賭。可是我們的贏面很高。」

就在這個時刻，你從副手身上見到前妻的影子，一閃而過，三不五時就會有這種時候，遺傳的大手一揮造就了這兩人的線條，不經意間露出端倪，在前妻身上稱得上是美，在弟弟身上則帶有喜感。你信任他。並不是百分之百，不過也夠了。除此之外，你感覺到他說不定比你更理解公司未來的發展方向。反正總而言之，你不再對未來的結局那麼熱心關切。最近一陣子，你有種感覺，只是渾渾噩噩過著日子，起床、刮鬍子、洗澡、著裝、上班、開會、接電話、回家、吃飯、拉屎、上床躺著，全都是出於習慣，並無甚實質目的，就像是某些陳舊的水錶還在發揮著功能，已經不用照著繳費了，繞啊繞啊測出來的用水量誰也不在乎。

因此你就說了，「好吧。就這麼辦。」

你的副手十分滿意。對他來說，把自己視為你們團隊裡最為忠實的一員。說是最為忠實，因為過去二十年來他從你公司偷偷撈走的油水並不會造成大害，他把這些錢都藏在海外，遠在天邊沒人知道，當作是某種保險手段以防哪天突然丟了職位。然而考驗的時刻就在眼前，連你們公司都將自身難保，而且即使拿的薪水相當優渥，你的副手還是存得太少了，像做老闆的一樣過日子而不甘於經理人的生活方式，現在說不定是他再奪下更大一份利益的最後機會。買另一家公司，讓他有希望能把一大筆回扣收進自個兒口袋，算是他認為自己拿得理直氣壯的非正式金色降落傘。

那天晚上你獨自一人搭車回家，坐在轎車後座，前面是你請來身著制服的司機，還有那位把衝鋒槍斜舉在胸前警戒著的保鑣。每次因交通號誌停下來，就會有一群人擁到車窗前哀求，乞丐，有個缺了臂膀，有個沒了牙，有個陰陽人抹了滿臉白粉歪著嘴笑。你見到有個男人摩托車上還載著老婆、孩子，在等燈號的時候把引擎關了。透過十四個擴音器再加上四個重低音喇叭，你的收音機源源不絕一直在報導海濱城市某個熱鬧的市集發生一系列的炸彈爆炸。你無奈地罵了幾句。如果示威激化成暴動，你托運的貨品就會被卡在港口。

接下來的幾個月，你的公司被人稱斤論兩，化成數字，推入全球的經貿網絡，你被埋沒在一個統整的數學資料庫裡，現在還有未來的金錢流動瞬息萬變，你的活動在其中幾乎起不了一丁點漣漪。聯貸銀行團組成，簽訂合約，辦公室和貨車和設備還有甚至你的私人住所全都列為擔保品，以戰利品拿去電子化抵押得來的作戰基金，目標上鈎了，有條件投降的基本協調也已敲定。提出的交易價格相當高，但並不算過分，成功機率頗為樂觀。

因此，要不是命運，或是故事的安排，以一場冠狀動脈疾病為形式，插手進來，這件事或許已經塵埃落定。你剛要去睡覺的時候開始覺得痛，普普通通，有股麻木感順著一條手臂往下走。你扭亮一盞檯燈，坐起身子。就在這個時候，一根看不見的鋼梁撞擊你的胸膛，想當然是把它擠扁了，逼著你把眼睛閉上。你無法呼吸。壓力大得受不了。但那陣壓力減緩，你只覺得軟弱無力隱隱作嘔，雖然氣溫微涼，你瘦巴巴的四肢在棉質睡衣裡直冒汗。你睜開雙眼。你的胸膛並沒有受到損傷。你解開一顆扣子，手指頭順著肋骨前進，指甲太長還有點髒汙，胸膛的毛髮泛白而捲曲。找不到有什麼傷口，但你可以感覺到指尖下的那具軀體弱不禁風。一晚沒睡，到了早晨，你跑去找醫生。

醫院好大擠滿了人，慈善捐助，包括你捐的，使得來這的病人有許多是極為貧窮。一名垂死的村婦躺在長板椅上，她充滿困惑的眼神讓你想起自己的母親。沒人攙扶的話你寸步難行，於是靠在司機身上。你走得跌跌撞撞，很不好意思地被他一把抬了起來，輕輕鬆鬆，就像抬個小孩或者是一名年紀輕輕的新嫁姑娘。你要他把你放到輪椅上。你講話的聲音沙啞難辨，得要再三重複才能聽得清楚。有個男子拿著髒兮兮的拖把亂抹，看來是有一道尿痕，嚷嚷著要大家別踏到那上頭，卻以乎沒什麼作用。

你的醫師從診間出來打招呼，真是空前的榮幸。他一如往常掛著笑容，但不像之前習慣的那麼搖著手指就像是要指責你沒有乖乖聽話，反倒是興高采烈地說：「我們直接送加護病房。」他親自推著你的輪椅送進去，告訴你司機不能跟過來可是絕對要留在大廳等著，因為可能會需要他辦點事。

你很幸運，心臟病二度發作的時候人已經是在加護病房裡。等你回復意識，已變成某種生物機械系統，半是人，半是機器，一堆電極從胸膛連出來通到掛在頭頂後方架上嗶嗶叫的電腦終端機，一根透明管線讓從一個塑膠袋而來的液體經由貼在手腕的針頭導入血流裡，還有第二根管線將旁邊金屬瓶內的氧氣直接灌到你鼻孔。你驚慌失措，開始揮舞手腳，但你四肢幾乎動也不動，你被拘束了起來。有位護士在講話，但你很難搞懂她說了些什麼。不過，你曉得此時此刻這器材和你是分不開的。

做個要靠管線連到機器上才能活命的人，比如說你現在就和好幾台機器連上，有通電的、液體的、氣體的，就會因不可見的網絡突然之間出現在眼前而受到驚嚇，就像是蒼蠅遇上蜘蛛網那樣。那幾條無生命管線扣在你那危殆但仍有一絲生機的形體上，它們各自又是連接到其他管線，連到醫院的供電系統，備用發電機，資訊科技的基礎設施，製造氧氣的機器，裝填並回收氣瓶的人，補足藥品的部門，把藥運送過來的卡車，製造藥劑的工廠，必需原料出土的礦區，諸如此類，凡此種種，從你的體內發出，進入房間裡，跨過建築，出門到外頭的世界，突兀地映照原本就存在的外部現實以及幸好未經思考的內在系統——血管還有神經還有肌腱還有淋巴結——沒了它們就沒有你。你睡著了真是件好事。

當你再度醒來，姪子們都來了，就是你哥哥的小孩，還有，出乎你所預料，你的前妻，還有她的新老公，一個帶著慈父氣質的蓄鬍男子，讓你一時搞胡塗了，因為他的年紀根本小了你一輪。你那間病房的照明很詭異，具未來感，若不是什麼先進的燈泡技術那種人工製品所造成，就是因為你的精神狀態已被弄得亂七八糟。醫生拍著你的手跟你作簡報，當著眾人的面，講你的整體狀況還有治療過程。你的預後並不怎麼樂觀。你的心臟肌肉已有所損傷，而每次心跳所能送出的血量極低，到達危險程度。這樣的情況並不會立即致命，你的醫生就有位病人遭受差不多程度的損傷之後狀況改善，繼續活了好多年。可是你的冠狀動脈普遍狹窄，也就很有可能沒多久又再第三度心臟病發作，那差不多就會是你的終期了，而且以你的情況看來也沒法做繞道或是氣球擴張。依他判斷，出院也不明智。最好還是靜觀其變。

你了解這個建議就是拐個彎說要為死亡做好準備，見你前妻雙眼迷濛淚珠子打轉，這想法更得到支持。她每天都到醫院探視，通常是一個人沒帶老公來。她對你客客氣氣但也是效率十足，就像是在扮演電影裡頭那種盡責管理者的角色。在她主持下，又去徵求第二意見、第三意見，新找到一位心臟專科醫師，搬去另一間不同的機構。有位享譽國際的專家答應最多幾個星期，他下次到你們城裡的時候，就會過來看看你，而顯然你的前妻把希望全都押他身上。

這位世界級的專家就好像來自外星的人一樣，亮橘色的皮膚，白得不自然的牙齒，頭髮濃密到騎機車不用戴安全帽也很安全。檢查過後再看了病歷，他說看不出有什麼理由不能在血管裡放幾根支架來解決問題。當然囉，還是有相當可能會死在手術檯上，不過呢，既然不做手術的話就此一命嗚呼的可能性很高，潛在的報酬看來是遠遠超乎風險。

你同意進行手術。手術是在你清醒的狀態下進行，令人困窘地看著體內的機械探頭傳送出來的攝影畫面顯示在監視器上，小巧的機械裝置在身體裡展開、伸長，把你鬆弛無力的血管緊密撐開並且固定。你心生奇想，要是有什麼差錯，你就會在腦子不能運作之前從螢幕上所顯示的微型戰場見到自己的死亡，或另有可能如果體內發生的一連串事情會快過外部的中繼播映，讓你就這麼眼前發黑，而不管手術舞台的載具提供了什麼畫面出來。不過，這問題只是理論上的探究，因為那位世界級專家聲稱你的手術是絕對成功。

隔天，做完術後檢查，他告訴你說，現在重新有血液供應，如果你的心臟就如同他所預期那樣恢復得很好，不管你已經是這把年紀，你能出院過上好幾個月，或甚至是好幾年。你向他道謝。你也向前妻道謝。此時此刻，她瞟一眼世界級專家見他莊重而透出橘色地頷首示意，還要你放鬆並且盡量聽到消息可別太過激動，她告訴你，她的弟弟，已帶著你公司為併購案所借來的資金潛逃出境，或許是不願錯失你不在場的良機，而且你的公司也因而破產，你也一樣，你房外站崗的警察並不是像你迄今一直所以為那樣是來保護你的，反而是因為你其實算是被捕了。

你盡一切努力接受這個消息，也就是說你並沒有因此被嚇死。你告訴前妻說，你並沒有懷疑這件事會和她有什麼關連，雇用她的弟弟還這麼委以重任都完全是你自行負責，你還指出，說到身體健康狀況，現在你比幾個星期以來覺得舒服多了。然而，你並沒有提到自從心臟病發以後，地球的重力還有大氣壓力似乎都增加了不少，而早上你自個兒沒人攙扶去上廁所就像是到陌生不適人居的月球表面漫步。

等她離開，整整一天你坐著什麼都沒說。接下來你得工作。你姪子可處分一些你之前暗暗藏在各處的少許資金，這些因為是隱藏起來的，並沒有被債權人查獲，因此你有辦法聘請了刑事律師，付了必要的賄賂，弄到保釋，還租了二星級旅館房間，全都不需要又再煩勞你那絕非有錢人的前妻。但是，她低著那姣好、披著布巾的頭，拒絕讓你還清為你醫療所做的一大筆可觀支出。她說，這是她所能盡到的一點棉薄之力。

如今沒了私人司機，就連車也沒了，你姪子開車載你到旅館，一邊咒罵你的副手，自從被他趕出公司就一直懷疑這傢伙有鬼，那已經是很多年之前了，又很快接著說他們對你沒有一絲抱怨，你是他們的叔叔，血緣要強過這類不愉快的事情。他們請你搬過去一起住。你表示感激，但回答說你更習慣一個人過活。透過擋風玻璃你見到灰塵和汙染物懸浮在城市上方像是個碗蓋，把天空變成古銅色而雲朵成了發亮的青銅色。

接下來好幾個月，你接到匿名的死亡威脅，還和幾位你以為是盟友的政治人物見過面，卻發現是難以掩飾的貪得無饜。城裡當權派三不五時發動憤世嫉俗的聲討究責活動都不會放過你，任憑如狼似虎的滔滔輿論大嚼，未經證實的密約謠言使你成了醜聞焦點躍上新聞版面。這事你從頭到尾都是個局外人，終究還是深受其害。自然而然你會被犧牲掉，這樣群體裡的其他人才能飛黃騰達。

一旦結果清清楚楚，你就接受了命運安排沒什麼抵抗、掙扎，以致你的所做所為主要是出自習慣，還有對於之前員工的責任感。幾乎就像是有一部分的你倔強地很滿意如此低下不起眼，在一股瘋狂的衝動下把財富全都拋棄，像動物到了秋天要換毛那樣。或許這態度更助長對你的瘋狂攻擊。等風潮告一段落，你的資產只留下之前豐厚油水的極小一撮，但你並沒有被扒得完全一乾二淨。你不算窮困潦倒。你還是保持沒有負債。你是個住在旅館房間裡的老先生，按時服藥，透過髒汙的窗戶往下頭街道張望，要出遠門的時候就叫計程車。

有時你看來似乎畏縮、猶豫，然而這變化是否由於在經濟遭遇不測，還是因為健康狀況變差，實在難以分辨。隨著年華老去，人會被奪去許多東西，往往是突然之間毫無警告，你已經遇到這樣的狀況了。你並沒有自己租一個房子，或是買輛二手車。反倒是一直住在旅館裡，零星幾件私人物品，只要一個行李箱就能裝得下。這很適合你。擁有的東西少了，就表示讓你對生活麻木無感的東西少了。

旅館附近有家網咖。你正往那走過去，走得很慢。因為你很容易累，必須停下來休息，你帶著塑膠和金屬製成的輕便長棍，你的醫生稱它叫拐杖，這名字還滿復古的。你在此世所過的日子，已經比網咖裡三名年輕技術人員全都加起來還要多。他們穿的T恤、刺青，以及有著造型的落腮鬍，種種象徵物品都是屬於一個你不熟悉的宗派。他們並不喜歡見到你。不過他們的頭兒，一位眉毛上有條刀疤的年輕小伙子，至少還站起身來聊表敬意。

「又要再來麻煩您了，」你這麼說。

他點點頭。「五號機。」

他的態度粗魯唐突，不過他在幫忙設定讓你可以開始使用電腦的時候做得十分盡職。你坐在一個小隔間裡，椅子是硬邦邦的網面，但十分舒適。平面螢幕架在眼前，還有一個計數器顯示出用了多少時間以及需要支付的金額。桌面下，顯然看不見但是用腳可以觸碰到，放著高度及膝的電腦主機，你小心翼翼側身避開以免把它弄壞了。隔間雖小，隔板的高度卻比你已倒閉的公司裡所用的那些還要高得更多，設計是要讓使用者盡可能保有隱私。網咖裡昏昏暗暗，除了螢幕之外並沒有會主動發光的東西，而且聞起來隱隱約約有女人的髮膠、臭汗還有精液的氣味。

你兒子突然出現在你面前，角度顯示是由高處往下看。你坐直身子，不自覺地想要把頭抬到某個高度，要那樣的透視才正常，但這麼做並沒能改善有點弄不清方向的感覺。你不曉得雙手要怎麼擺，就緊緊抓著椅子扶手。你的兒子定格，粒子變粗，然後又再動了起來，開始講話。

「嗨老爸。」

「嗨兒子。」

他在自家公寓裡，一間裝潢簡易的倉庫配上二度利用的建築材料，飯桌是兩落煤球撐著一個放倒的門板，鉸件都還沒拆掉。從他那的窗戶望出去可看出正是夜晚時分。他很關心地問候你的身體健康，你要他安心一切都很好，還談了點政治、經濟，以及他的堂兄弟。他無法回來看你，因為他的簽證會牽扯到長期居留庇護的申請。回國一趟就會使得他宣稱生命受到威脅的說法受到質疑。

「你和媽通過電話了沒？」你問道。

「沒有。一陣子沒聯絡了。」

「你應該多和她講講話。她很想你。」

「我當然知道她會想我，用她的方式。」

你兒子的朋友從他身後經過，沒穿上衣，沒刮鬍子，睡眼惺忪。那位朋友正在刷牙，準備就寢。他對你揮揮手，你舉個手回應。你兒子笑了，半轉過身去對著他朋友，悄聲說了些什麼，然後又把注意力移回到電腦上的攝影機鏡頭。

「很晚了，」他很抱歉地說。

「是啊，可別被我綁在這。」

「下次什麼時候去見醫生？」

「今天。」

「答應要把情況用簡訊傳來給我。」

你說會的會的。你耳朵上掛的黏呼呼耳機發出噗咚落水的聲音，你兒子的影像隨之消失，就好像是被吸進螢幕正中央單個像素那麼一丁點大小的洞裡。之前還有亮光有動作的地方如今只剩靜止不動，就算時間還有算錢的計數器孤零零在角落滴答前進。你把帳款結清走人。

在這同一時間，漂亮女孩也在認真看著電腦，和她助理一起檢視本月業績，這數字並不怎麼理想。今晚她得跑一趟醫院，不過當然這會兒她還不曉得。

「看情勢要大幅衰退啊，」她說道。「總會觸底反彈的。」

「求之不得，」她助理表示。

她想了想。「看來機會不大。」

「沒有。」

「好吧。取消今年春季的採購行程。」

兩人都陷入沉默。

「生意總是有起有落，」她助理說。

漂亮女孩報以微笑。「沒錯。做生意就是這樣。」

她按習慣的時間離開自己的家具古董店，五點鐘，她的司機趕著避開尖峰車流，但他的努力得和挖挖補補的馬路競爭。漂亮女孩往車窗外張望，不時出現連串細長的窟窿。裡頭要放的是電纜線，似乎是無處不在、神祕的電纜線，有黑的，或灰的，或橘的，離開線軸滑入溫暖、砂質的土壤，看不到盡頭。她想著真不知這纜線是把什麼東西連結在一起。

關店算是助理的工作，還要再晚一些，而她也已經處理妥當，正在監督經理清點今日營業額，預備把錢放在保險箱內過夜，就在這時候，一塊磚從半掩的鐵捲門底下扔了進來，玻璃店門應聲被撞碎。漂亮女孩的助理在後頭小辦公室裡聽見聲音，CCTV顯示器上，抖動的單色影像顯示有三名持槍歹徒進到店裡，臉有部分遮了起來。出於本能，她觸動一個無聲的警報裝置，把錢鎖好，然後把密碼盤打亂，經理見狀嚇得要命，怕不能活著離開此處。

持槍的歹徒似乎曉得警報已被按下，而且或許是出於這個原因，帶頭的那個假裝二話不說就要把經理的腦袋轟掉。但他考慮之後改變想法，叫漂亮女孩的助理打開保險箱。這時，由於還搞不清楚狀況而非英勇過人，她遲疑了一下，就被歹徒用槍托狠狠敲了一記，並沒有太用力，這是考量到年紀一大把了又是女人，但仍然結結實實夠把她打得趴在地板上。她爬起來，乖乖照指示做。武裝的歹徒們把錢收入口袋。從頭到尾，搶案歷時不超過三分鐘。八點的時候私人保鑣到場，八點二十分漂亮女孩也到了，警察是三十五分才來。

預防萬一，考量到她助理頭部挨的那一下，漂亮女孩帶她去急診室。在車上，她搭著助理的手，輕輕握住，兩名女性當中年紀比較沒那麼老的那位嚇了一跳，直直看著前方，幾乎不發一語。某位護士瞄了漂亮女孩的助理一眼，說那是擦傷，沒什麼大不了，建議說用個冰袋還有一些止痛藥，就打發她們離開。開車回家的路上，她助理抱怨頭暈想吐。漂亮女孩帶助理回到醫院，半途上助理就抽筋不醒人事，等到有位醫師扒開眼瞼用手電筒照她瞳孔的時候，她早已難以回復，沒多久就過世了。

就在這個晚上，漂亮女孩不再留戀這座她定居四十年之久的大都會，雖說她沒有立刻搬走。隨著時間過去，她心裡逐漸有了決定。她也得把店賣掉，還有一些實際的事情要結清。但有些東西不一樣了，她並不懷疑如此改變的方向。她將會孤獨坐在自家客廳，透過鐵窗的空隙梭巡外頭黑夜，看著空中上升的飛機發出亮光，然後感受到猛然有股拉扯的力道，從何而來她也說不上，不行，無法精確，只知那東西隱隱拉著她不放，而且是源自她出生的那個城市。

11／專注於基本原則

別去管那些不重要的小細節，
從大處著眼，把你營運的核心列為最優先。

我想，到了這個階段應該考慮向各位坦白是有些虛情假意，承認在書裡可能用過某些遁詞，有些手腕有點……怎麼說呢，算是投機取巧吧。才不呢。這會兒還不行。雖然變得超有錢這事無可否認已脫離你所能掌握，這本書還要再裝清純稍稍久一點，或至少維持那種不會鬧上法庭的小奸小惡，並且藉由經濟上的建議，繼續提供兩個自我成長之道，其一是讀者你，另一個就是作者我。

要是幸運的話，這建議並不會因為你失去財富而受到影響，因為它也適用於經濟狀況沒那麼好的人。我的建議如下。專注於基本原則。別去管那些不重要的小細節，從大處著眼，把你營運的核心列為最優先。這會兒，以你為例，就表示說應盡可能把開支減到最少。

之前你已經做得很棒了。你當作住處的那間二星旅館，用不到定價一半的費率簽到按月付房款的長約，當然你充分運用兩個優勢，一是你願意付現金，再來則是以前曾經幫旅館經理的亡父謀得一個職位，那老先生永不止息地帶著敬意說你好話，說是永不止息指的當然是那股情懷而不是說他老不死。你也吃得很省，你的身體代謝已慢到每天只需一餐就能打發過去，交通方面你精打細算，搭計程車而不要負擔養一輛車自己開所需的費用，而且你每星期一次和兒子通話都是從網咖撥過去，避免背負沉重的電話帳單。這麼一來，你有限的積蓄絕大部分都還沒有動到，可用來看醫生、做檢查，還有買藥吃，看來，你大可期待並不會在死前就先淪落於貧困。

那些前來求助的人，你都會在旅館擁擠的大廳裡請他們喝茶吃點心，只有這一項你可以放任自己別那麼節省。旅館的建築本身大概有十年之久，然而說它屋齡三十年也很有可能，左右兩側的房舍同樣是四層樓高，臨街的面寬並不足夠，而且建造年代也不可考，坐落在原本通往某個閒散市場必經的路上，但如今已埋沒於熙來攘往無定形如阿米巴原蟲般邊界無盡擴張的商業區中。就在旁邊沒多遠，宰殺著動物，烘烤著糕餅，高傳真擴音器扭捏傳出各種跨界音樂，經銷多種仿冒的進口香菸，零售各色防爆玻璃貼膜，還答應免費幫你裝到好，若你曉得貼得正還要把難看的氣泡弄掉得耗費人工滾壓，這項優惠不可謂不大。

來找你的親戚們往往是剛從鄉下進城來，不過也並非總是如此，沒什麼技能或半吊子的工人想要在建築業或運輸業或家庭服務業找個差事，因此他們心存敬畏四下打量你那旅館陳舊的公共區域，壞了的電梯的機械門與鐵製按鈕、茶杯和盤子上的汙漬，都被看成是你身為重要人物的明證，正如同人家跟他們講的一樣，而你精心剪裁的服裝和大致得以保留下來的出眾氣度，絲毫不因年齡與挫折而有所減損，更進一步增強上述印象。你盡個人所能幫他們的忙，打幾通電話，講幾句好話，對他們的許許多多問題鉅細靡遺一一解答。

但並非所有登門求教的人都是鄉下來的後輩。有些是城裡的小夥子，第一代，就像你之前那樣，或第二代，頂著活潑的髮型，表情聰慧靈動。另一些是年歲比較大的，專業人士，甚至是經理級，有時還穿西裝打領帶來呢。對這些比較文雅的訪客來說，你住的這個地方令人大失所望，但他們的擔憂通常會在言談之間煙消雲散，這時他們就能明白你說的話充滿智慧，而且也很樂於傾聽，雖說你這位傾聽者的耳朵已有點不太靈光了。他們急著想從你身上挖出業界人脈還有官方的聯繫管道，你這條日漸枯竭的礦脈倒是樂於協助他們而得到探勘，而且三不五時能夠有所助益也並非什麼稀罕之事。

你並不為自己所做貢獻收受金錢回報、仲介金或者介紹費，也不貪求對你表達的感激之意。你的動機是出自不同的源頭，來自於揮之不去想要與人交往並能夠派上用場的渴望，來自於有一整個星期的漫漫時光需要填補，還來自於對外面世界、旅館外大都會來來去去各式活動的好奇心，你幾乎是在裡頭過了一輩子，對它曾經了解得那麼透徹。

你聽到有報導指出地下水面持續下降，幾百萬喝不到水的人把鋼管一根接著一根插入越來越深的儲水層，好灌滿數不清的外漏管路還有滲流、沒管子的溝圳，這現象你熟得不得了，也曾經從中獲取利益，但如今已造成某些地方明白可見的土壤乾燥化，從濕潤、富饒、多樣的泥土轉變成龜裂、枯乾的不毛之地。在此同時，類似的嘗試，不論是否出自官方，似乎正在設法想要把社會本身也弄得乾巴巴，舉其大者像是對節慶還有公開尋歡作樂的可怕限制，還造成類似效果，破裂，年經人之間顯而易見正在擴大的鴻溝，在你看來他們是前所未有的分離開來，裂成千萬片段，不可理喻的部族，用一張汽車貼紙、坦露的一抹香肩，或鬍子可能變化當中若干神祕難解的排列組合，標示出他們的歸屬。

往往你並不曉得，當你上街逛的時候，人們各自擁護的是什麼。你也根本搞不清楚就算是他們自己，在所擺出的姿態下，還真曉得是在擁護什麼，也要比你在他們那年紀時更明白。但你確實感受到，錯不了，挫折感和憤怒、暴力，如潮水般高漲，有部分是出自今日窮人更曉得有錢人是怎麼一回事，無處不在的電視機提供了一扇望向富裕生活的窗口，而他們的臉就貼在那片窗玻璃上，而有部分是源於武器的供給曲線朝外偏移所造成的心態改變。有時，看著緊盯豪華SUV蠻橫穿行於窄巷的那些眼光，財富早就離你而去幾乎是讓你如釋重負。

如果說，當我在寫這些的時候，並不確定你壓根沒想到過漂亮女孩就在附近，也還算合情合理。她所住的地方，距你那間旅館的直線距離約有三十分鐘那麼遠，可是由於都市裡的烏鴉往往是繞著圈子飛，還會經常休息，她可能並沒有那麼遠，也可能她是更遠。她名下有一間小小的街屋，當起了房東太太，兩間空房用低於市場的價格租給一對女生，一位是歌手，而另一位是演員，事業都還剛起步而且都不怎麼成功。靠著儲蓄還有房屋的租金收入，漂亮女孩勉強還能過活。

或許因為髖部會持續刺痛，放膽外出的次數要比之前少得多。她把大部分的家事雜務交給雜工去辦，那是位小個兒的中年男子，由他負責煮飯、開車、採買，就住在廚房邊的傭人房裡。不過她還是每天到最喜歡的那座公園轉轉，走得雖慢但抬頭挺胸，夏秋之際就在傍晚時分，春冬則是早晨，她特別喜歡看那些年輕的戀人一大清早約在公園裡，趕在上班或者上課之前匆匆來個神不知鬼不覺的約會。

在家裡她會看看影片，而且特別會打開收音機來聽，往往把音量調得很大聲引起房客注意，當她隨著音樂搖頭晃腦自個兒吞雲吐霧的時候，也許會暫時停下匆忙的步調和聊上幾句。有時其中一位會把最新的作品展示給她欣賞，一段錄影畫面或是試唱帶，但這機會少之又少。她從沒受邀去參觀攝影棚或到錄音室一遊。她那幢街屋位在死巷底，從樓上的沙發往外看出去，可以一覽無遺望見整條街，眼光掃過整排的商店、餐廳，直抵一座基地台，在一堆衛星天線之上還頂著紅的、白的好幾根大柱直衝雲霄，就像是建來要為天空中的浮雲導航的電磁桅杆。她買這間房就是為了如此景色。

她的性情並不是天生就好懷舊，實際上恰好相反。她不願回去造訪之前花了那麼多年待過的那個濱海都市。她也不願把手頭資金歸攏，臨時雇請一名新的助手能夠翻譯並且幫些小忙，鍾愛的國外旅行就可以來一趟最終的完結。在她心裡，回到出生地就表明是要與不久之前才發生的那些日子堅決一刀兩斷。

而且，不論是因為年紀漸長，或是由於這城市透過與她童年的聯繫而留著奇特的殘響，她發現自個兒會被捲入頻繁而出乎意料的思想轉折，譬如說，抹去水杯外所凝結露珠的手指尖留著潮濕感，讓她想起某位溫柔但早已過世的攝影師，或者，陽台上感受到突然一陣輕風襲來，就會和好久以前的某次海灘派對搞混。這會兒還在場而警醒，下一會兒就很可能沉淪於幻境。

你們在一間藥局再度相遇，這擁擠的微型倉庫堆滿了比火柴盒大不了多少的一盒盒藥丸，盒子多半是白色的，上頭印的字小到就算你眯著眼睛看也無法判讀，有時，會有印了全像圖案的五彩封條表示原廠正品，就像是魚在光線照射下那樣閃閃發亮。你寸步挪向櫃台，被那些往前推擠的傢伙弄到隊伍外頭，多虧認得你且好心願意等待的幾名陌生客可以依靠。你見到前頭的人剛付完帳轉過身來，覺得應該認識這個身影，還突然冒起一股強烈的情緒。這情緒像是恐慌，的確你想要趕緊把處方藥單收進口袋離開此處。

但你站在原地不動。當那身影靠近的時候，她眉頭動了一下。

「是你嗎？」她問道，這可不是有生以來第一回這麼問。

你拄著手杖，仔細端詳眼前這位年華已逝的女子。

「是我，」你這麼說。

你們兩人誰都沒有開口。慢慢地，她搖搖頭。她伸過手來握著你，靠在指節上的肌膚滑潤而冷冽。

「我是不是和你一樣老態龍鍾了？」她問。

「沒的事，」你說。

「我還以為你很老實呢。」

你笑了。「那倒不一定。」

「我們找個地方坐吧。」

藥局附近有間咖啡館，顯然是屬於某個連鎖品牌，還帶著連鎖店那種做作的別心出裁，看來不搭配的各式沙發還有桌子、椅子，全都對應一套精確而預先設定好的套路依樣照辦，在那本企業品牌指導文件的體驗段落詳加闡述。店裡的家具、陳設，讓人想起好幾十年前的情境。它的音樂、菜單，還有特別突出的是它的價格，絕對合乎當代標準。對富裕的年輕消費者而言，或許有引人入勝的功效，將他們從這個區域這條街送到某個虛擬的國度，裡頭都是新興亞洲，甚至是全世界，和他們頗為相像的人們。但對你來說，還記得這店面才幾個月前原本是家水果行，這企業虛假的陳舊感會讓你昏頭轉向搞不清楚。通常啦。今天你並沒有注意到那些。

你和漂亮女孩邊喝茶邊聊些前任情人在隔了半生後再相遇時通常所會談的話題，也就是你的健康狀況、事業的起落、共同擁有的回憶，是的，這往往是一邊說一邊大笑，還有的是你目前落腳何處，以及，輕描淡寫不經意掠過的話題，目前是不是單身。你們的服務生十分體貼，見著一對老人家傾身向前，全神貫注聊著天，這當然也是你眼中所見，但並非你所看到的全部，因為你也見到在漂亮女孩縮小了的身軀之上疊合了，或許該說是在那裡頭閃爍著，一個更高大、更強壯、更熱情洋溢的個體，此時此刻是如此歡欣，在你泛濕的眼中尚能婆娑起舞。

「退休這個字用起來真是不習慣，」漂亮女孩把茶喝完，說了這麼一句。

「我們算是失業，」你糾正她。「聽起來比退休更有朝氣。」

「你有在找工作嗎？」

「沒有。」

「那就是退休囉。」

你倒滿兩杯白開水。

「妳應該找我去面試，」你說著，把她那杯水遞過去。「而我呢則要面試妳。這麼一來我們就算是失業。」

她小小啜了一口。「除非兩人都沒被對方雇用。」

隔天你打電話給她，接下來幾個星期裡你們經常在一起，不是晚上去餐廳吃飯，就是到公園慢慢踱步閒逛。你們去看了這城市最主要的殖民時期博物館，還有散發刺鼻氣味的動物園，上回光臨這些景點的時候你兒子還在讀小學呢。在動物園，你先是對於票價如此低廉感到吃驚，更因這座設施的規模嚇了一跳，似乎比你印象裡還要大得多，和你原本的期待恰恰相反。漂亮女孩對鳥園讚不絕口，你則是欣賞河馬從欄舍長著青草的堤岸優雅滑入泥塘。她要你注意園內有好多的年輕人，聽他們口音和方言往往是來自偏僻地區。他們興趣盎然地對著動物叫喊，或是三三兩兩坐在為數眾多的長板椅上，躲在樹蔭處。動物園設了一些告示牌，列出最有名那幾隻動物的每日飲食攝取量，而且三不五時就會聽見認識字的遊客念給同伴聽，要餵養這樣那樣的野生動物得用去多到驚人的食物。

在漂亮女孩的陪伴下，你稍稍放棄了一小點之前強加於自個兒身上的與世隔絕，稍稍更常出門到城裡探索，而有了朋友在身旁，比之前更有理由這麼做，而且，也因為成了兩人團體中的一分子，要比單獨一人時較少感到害怕。沒錯，這城市依然斷斷續續地出現危險，舉例來說，交通工具橫衝直撞、溫度猛烈達到極限，還有對抗生素有抗藥性的微生物，更別提還有強取豪奪的人類掠奪者，尤其到了你這個年紀，一定要小心提防才是。但暫時而共享的重返社會讓你津津有味，因為這城市也許並不像剛才講的那麼讓人害怕，而且，確實，當你以同志情誼所抱持的良善態度看過去，這城市有大半似乎尚可通行，至少對目前而言，還有一點身體活力可以撐得住。

偶爾漂亮女孩看著你會感到受了驚嚇，見到人終將一死，見到你就像個拄著拐杖的鏡子，見到你衰老而憔悴的體形不可避免地正是與她自個是屬於同樣的時代。這些印象很容易在你們約會剛開始的時候出現，那時幾日不見就會像是一塊柔軟的布幔把她的短期記憶遮掩起來。但很快其他資訊開始累積，可能是從你的眼睛和嘴巴開始，你留給她的印象自個兒就消解成某種別的東西，某種永恆的東西，或者如果並非完全永恆，看在眼裡仍稱得上是又美又帥。在你昂首挺立的姿態裡她見到你對周遭世界的體悟，在你手上見到你有所防備的溫柔，在你下巴見到火爆性情。在她眼裡你是男孩，也是男人。她見到你是如何化解她的孤獨，更富意義的則是，她見到你所見，在她身上激起世上任何一個人對另一個人所能有的最奇特欲望，希望對方沒那麼孤單。

某晚，在一間螢幕尺寸、音響品質還有爆米花的高價都令你瞠目結舌的劇院看完電影，在外頭聚集的青少年之間突然爆發鬥毆，你被誤認為前來助拳的人而被打倒在地，大腿嚴重擦傷，不過感謝主骨頭沒斷，漂亮女孩邀你到她住的地方。進門時她的房客們對著你笑，顯然是很高興見到女房東有個男性訪客，識趣地看了看全都迴避開來。

「你想喝點什麼嗎？」漂亮女孩問道。

「他們都叫我別喝，」你說。

「半杯的紅酒？」

你點點頭。

她從冰箱裡取了一瓶已經開過的出來。「坐嘛，坐嘛，」她一邊說一邊幫你們兩人都倒了一杯。

你們倆各自啜了一小口。沉默籠罩下來。

「我們乾脆到房間？」她問道。

「好。」

她牽起你的手帶路，等你進房間就馬上把門關起來。她並沒有把燈點亮。

「等一下，」她說著往浴室過去。

你擔心在黑暗裡要怎麼保持平衡。

「床在哪呢？」

「哦，抱歉。」她一隻手掌扶著你的腰領路。「到了。」

你坐下來。床墊是硬式的。你用手試探，發現有一面牆，小心翼翼把拐杖靠著放好。浴室房門下方透出昏暗的光線，從裡頭發出各種聲響：刮撓、水在流動，馬桶沖水。你自個兒也得上廁所，但你把那股衝動壓了下去。漂亮女孩去了好一陣子。

一回來她就緊依在你身旁坐下。你們接吻。她有著漱口水的味道。她還換上了睡衣，透過那布料你的手摸著她的肋骨、小腹，柔軟得不可思議的胸部就像是第二層肌膚。她幫你把衣服都脫了。她很有韻律地在你身上磨蹭，十分幸運你也變硬了，也許得感謝漲滿的膀胱對前列腺造成壓力。她從床頭邊的桌上取來一個罐子，倒出一些油膏抹在兩腿之間，然後側身躺著背對你的胸膛。你搞了一陣子，不過總算能弄進去。你動了起來。她用手撫摸自個身體。你用一隻手摟著她。

兩人誰都沒有辦法堅持到最後。還沒到那關鍵一刻，你就開始洩氣了。不過，我要加上一句話，你們還真的達到高潮，而且還十分暢快，之後就那麼躺著，一時之間想動也動不了，還有點困窘，出其不意開始咯咯笑了起來，她也跟著笑，好長一段時間以來你們倆誰都沒能笑得這麼愉快、這麼熱切。

12／要有退場策略

要集中心力想出終將派上用場的退場策略，
你也是我也是，在這長達一生的案例當中，
大部分的奮鬥都是在為此做準備。

這本書，如今我得坦承，也許並不是要在新興亞洲變得超有錢的最佳指導手冊。毫無疑問該要有個道歉才對。但是到這節骨節，單單只是道個歉根本無關痛癢。照我的建議，更有用的是要集中心力想出終將派上用場的退場策略，你也是我也是，在這長達一生的案例當中，大部分的奮鬥都是在為此做準備。

我們全都是被迫逃離兒時的流亡者。所以我們轉而去讀小說，當然還有別的東西。寫小說、讀小說，就是逃離身為難民的狀態。作者和讀者都嘗試要找到某個方法，解決時間流逝的問題，逝者已矣而生者也終將一死，也就是說我們每個人都終將一死。因為過去曾有某個時刻無所不可。而將來會有某個時刻萬事皆休。但我們可在這兩時刻之間有所創造。

既然你創造這故事而我創造這故事，我就會想問你之前種種情狀。我想問的是，當你流淚時是誰牽著你的手，或者，是誰陪著你奔跑避雨。我想要與你一塊在此稍作停留，也許想停也沒法停得下來，在你的同意之下，在你的創造裡，對我具有如此吸引力又是如此陌生未知，超越此時此地的我。我沒法辦到並不能阻止我不去想。而且當我想像的時候，感覺是那麼奇異。感同身受的本領真是十分有趣。

舉個例子，假設有隻無法打嗝的魚。你看看，牠現在就飄浮在玻璃缸裡，毫無重量地飄浮在充滿雲霧的空中。缸裡的水清澈透明到無法辨識，若不是有個缸，看起來就會像是浮在空中，或許是由這魚的小鰭推動。牠已逃離大海、湖泊、池塘，而且牠不受拘束地吊著，自由自在，沐浴在暖和的陽光之中。可是牠遇上大麻煩了。牠十分痛苦，食道裡有個泡泡卡在那。雖然升了天，做了天使，牠還是會不舒服。好難過啊。我們會同情牠嗎？那是當然的囉。打個嗝吧，親愛的朋友。你為什麼不打嗝咧？

在此同時，在這個空浮魚族演出正下方，更精確地說是低了一座山那種高度，也就是回到地球上，有一間小小的街屋裡有位老先生和一位老太太過著日子。你和漂亮女孩住在一起了。她有個房客離開了，而且你開始有點精神恍恍惚惚，並非總是如此，但偶爾會搞不清楚自己身在何處，因為這緣故，把旅館當住家就變得問題重重。你們並沒有共用一間臥室，漂亮女孩之前從來沒這麼做過，看來現在開始也有點太遲了些，不過你們白天大多是在一塊度過，有時歡欣，有時發脾氣，有時沉靜，有時令人安心，等到兩人都有了同樣想法，晚上也沒分開，而且你們還把日漸減少、一直以來都被通貨膨脹快速消蝕的存款集合起來。

你們倆比較沒那麼常出門，唯一會定期遇到的別人就是漂亮女孩僅存的房客，一名演員，還有漂亮女孩請的雜工，當你搞不清楚的時候會幫你一把，他讓你想起自己的父親，雖然說外表長得並不相像。也許這是因為他是個順從的人，還是個家中的僕役，而且年紀就和你父親過世那時的歲數不相上下。

坐在一張經過重新整理的椅子上，膝頭擺著一份報紙，耳朵聽著大聲放送的音樂，漂亮女孩一邊抽菸一邊跟著搖頭晃腦，享受和煦的秋日午後時光，你很驚訝地聽見有人按門鈴而你的兒子出現在眼前。你忘了他會來拜訪。你起身迎接，激動而心存保護之意的擁抱下哭了起來。他親了親漂亮女孩的臉頰，而她見到以前的你的印象也感受到時光的漣漪，雖說這印象是個衣著講究得多的版本，而且碎步的走法和你大不相同。她把菸遞過去，也很滿意你兒子取了一支。你可以感覺得到她對這孩子有好感，這讓你十分開心。他已經長大了，雖說對於三十好幾的男人來講這絕對是超乎尋常，即使坐著都高你一大截。

這麼多年來這是你兒子第一次來拜訪，總算已成為他新歸化那個國家的公民而能夠自由行動，對於他以如此毀滅性的劇烈方式離你而去，你要壓抑自己隱伏的那股不滿情緒。你感覺到有一股愛，就你所知是絕對無法適切傳達或對他解釋，一股只能往一個方向溉灌的愛，一代一代往下傳，卻不能逆向而行，要到年輕那輩也變老的時候才有辦法了解並且有所回報。他跟你說，之前才和你的前妻碰面。她很好，據他說，他們是在淚眼婆娑的情況下再度聚首，他同意如果有些事她沒說的話就別再追問了。

整個月都見著你和漂亮女孩忙著約會，多半是在家裡，你兒子幫忙做飯或租些影片過來，不過也出過兩次門，去他挑選的餐廳，都是些有著最新流行裝潢的時髦場所，這些他都拿信用卡把帳結了。然後他就走了，你的世界又再度縮回那間街屋透天厝。他留給你一筆錢，這你並沒有料到。附近有間小屋發生爆炸，之前那是某個情治單位專門用來關押審訊嫌犯的地方，炸得你的窗戶四分五裂，剛好有那筆款項把破玻璃換掉。

外頭的城市越來越像是個謎樣空間。斷電缺瓦斯，交通的噪音，空中飄浮的微粒害你早上喘著氣醒來，那謎樣空間就這麼闖入生活。從布簾邊透過鐵窗往外一瞥，它就在那兒呢。電視還有收音機也會帶來一些消息，通常是嚇人的新聞，不過所謂的新聞一直都是那麼回事。

經常你會覺得和漂亮女孩在一起，就像是站在懸崖邊上，俯視空乏乾枯而受盡汙染的山谷，夜幕低垂，住在裡面的盡是些枯瘦、突變的生物，有許多是肉食動物，你自己也一直具有那樣的肉食傾向，曉得肉食類特別要靠年邁、生病以及虛弱的傢伙維生，虛弱這詞已變得更加緊密扣連在你身上，蝕去原本緊實的肌膚。

但在其他時刻，和要來修理電話接線的熱心年輕維修人員會面，或是與藥房櫃檯學識豐富的年輕女子講話，就會被殘留揮之不去的樂觀心態刺激，對於你身旁那些人的韌性和潛力大感驚訝，尤其是城裡的青少年，在這個都市化的年代，用機場以及光纖與每個大都會聯繫在一塊，即使是稀稀疏疏散置各地，共同形塑成一道帶著變化意味的都市島群，不單橫亙於新興亞洲，而是跨越全世界。

然而，多半時間你並不會想到這座城市，反倒是把注意力集中在身邊發生的事件，發生在你客廳和廚房，或集中於包裹在事實外的幻影與夢境，就像製造技術一樣，雖說設計方面遠遠不及，強而有力地被你的腦子轉化或是把注意力集中在漂亮女孩，你每天都和她待上好幾個鐘頭，時而發表高見，時而拌嘴或是發笑。你和她一起對紙牌遊戲起了極大興趣。

此時此刻你們就坐在沙發上，肩並著肩，彼此隔著一個人的寬度就成了牌桌。已經出過的牌合成整落，翻過來放。她手上的菸灰有好大一截沒落。你舉起菸灰缸讓她把菸灰彈掉，小心翼翼等著看她是不是手腕扭個方向垂了下來。這一回，沒那麼好運。

「作弊，」她說。

「從妳口中說出來，真是恭維呢。」

她親眼目睹你裝模作樣的本領，你話鋒一轉順勢把菸灰缸放低置於沙發上。你是天生擅長虛張聲勢，深奧難測，拿了一手爛牌時就和拿到一手好牌同樣鎮定。這正是你的強項。她呢則是不可預測，出於本能追求不是大贏就是大輸，設法避開勝負的定數。這也是她的弱點所在。雖然你們倆的記憶力都不怎麼靈光，想不起來的部分就以緩慢、悶燒的強度彌補。

「我會往上加注的，小男孩，」她說道。

「是啦，是啦。這樣我就懂了。」

「我很確定。」她皺起細瘦的眉毛。

「等著看吧，美女。」

你跟注。這一把算是你贏了。運氣真好。

你把那一堆原本拿來玩雙陸的棋子，摸起來圓圓滑滑涼冰冰的，大多是白子但也有一對黑子，全都往你那掃過去。她起身去弄了杯檸檬汁。

「輸好慘呢，」你說。

她心裡氣得很。可是外表看來她還是笑笑的。「還沒完呢。」

回到沙發，她把飲料放在扶手上，盯著看你洗牌。你目光專注，就像技師在拆解機器一樣，一點都沒有突然會降臨到你身上的那股陰鬱氣息。她傾身向前等著。你注意到了。你吻上去。

漂亮女孩的死來得極快，也算是上天悲憫，診斷出她的癌症已從胰藏擴散到全身。醫師見她外表看來狀況這麼好還十分訝異。他說了只剩三個月，但只撐過這數目的一半，直到最後那一刻，就連光是呼吸都變得困難了，卻仍拒絕戒菸。把她送去住院沒有意義，所以她最後幾個星期就是在家裡過的，由一名護士、她請來的雜工共同照顧，當然還有你，想方設法找把她最愛的那幾部電影找來讓她看最後一次。她從來都不喜歡長久抱在一起，如今靠在你身上，讓你撫著她稀疏的頭髮，然而這麼做是要安慰你還是要尋求安慰，連你都不能完全肯定。

「我不想丟下你孤孤單單一個人，」有天下午喝茶的時候，她這麼對你說。

「我不會孤單的，」你說。你還想接著說她請來的雜工還在呢，還有她的房客，還有你兒子會用電話聯絡。但你沒把這些想法形諸言語。

醫療並不能紓解她的痛，但可以讓痛這事沒那麼重要，反而在她內心建起一股渴望想要脫離苦海。這使得她無法忍受身體碰觸，隨著逐步走向人生盡頭，有人作陪微微讓她心煩，就像是殘留的幾絲肌肉繫著已鬆動的乳牙。她感到有股一走了之的衝動逼迫著她，那幾乎是種生物性的衝動，一種要生出什麼的衝動，終究還是出於念舊之情，換句話說，懷著愛，她設法從那些艱苦辛勞當中仰望著給你一個微笑，或是捏捏你的手。

她死在某個強風吹拂的早晨，雙眼睜得開開的。你安排把她葬在屬於她們家族的墓園裡。或許她和這些人並沒有多深厚的關係，但你也搞不清楚，除此以外，還能把她葬到哪？除了一名傳道者，兩位掘墓工，還有一班前途無限的專業哭喪隊，入戲甚深又哭又嚎淚流滿面，到場參加告別式的僅有三人。

漂亮女孩的房客女演員撐了一陣子，因為漂亮女孩之前請她這麼做，但在一間除她本人以外全都是男性的屋裡並不舒服，即使租金甚低，終究還是搬走了。雜工留下來沒跑，一部分是由於對漂亮女孩忠心耿耿，一部分是因為可以很輕易挪用你的財物。你並不為此怪他。要是你也會這麼做。你做過同樣的事。這是窮人的權利。反而你十分感激他的協助，感激他並沒有用暴力把你僅存的少數幾件個人財產搶去。那幢街屋的水壓降得好低好低，打開水龍頭永遠都接不滿一個臉盆，為此你得要用海綿擦澡，脫光衣服坐在浴室裡的塑膠板凳上，偶爾痛快放個響屁，而這名雜工每星期兩次幫你洗，並無怨言。

直到有一天你躺在醫院床上醒來，全身接滿管線以便交接電流、液體和氣體。你的前妻和兒子都在，看起來多少有點太過年輕，你一時之間大為恐慌，就好像從來都沒離開過醫院，好像過去十年你的生活只不過是場白日夢，但這時漂亮女孩來了。她也有點太過年輕，也許她一聽到你心臟病發作就從海濱大城的家裡趕了過來。但如今這已不再重要。她就在這。她向你走過來，並沒有開口說些什麼，其他人也都沒注意到，然後她牽起你的手，你已經準備好接受死亡，雙眼瞪得大大的，心裡明白這一切全都是個幻象，是腦袋裡面那一堆化學物質所散發出的最後一股芬芳，馬上就會停止運作，什麼也不再有，而你已準備好，準備好要死個痛快，準備好死得像個男人，像個女人，像個人，因為無論如何你曾經愛過，你愛過爸爸和媽媽和哥哥和姊姊和你的兒子，當然，沒錯，還有你的前妻，而且你還愛過漂亮女孩，你曾經意氣風發，因此你有勇氣，而且你有尊嚴，正視恐懼保持鎮定與敬畏，漂亮女孩握住你的手，你包含著她，還有這本書，還有寫這本書的我，而我也包含著你，甚至是還沒出生的你，我中有你你中有我，其方式或許沒那麼可怖，願你，願我，願我們所有的人會都能正面迎向自己最終的結局。

LINK 18

直到有錢的那一天

How to Get Filthy Rich in Rising Asia

作　　者　莫欣・哈密（Mohsin Hamid）
譯　　者　崔宏立
總 編 輯　初安民
責任編輯　宋敏菁
美術編輯　黃昶憲
校　　對　吳美滿　宋敏菁
發 行 人　張書銘
出　　版　INK印刻文學生活雜誌出版有限公司
新北市中和區建一路249號8樓
電話：02-22281626
傳真：02-22281598
e-mail : ink.book@msa.hinet.net
網　　址　舒讀網 http://www.sudu.cc
法律顧問　巨鼎博達法律事務所
施竣中律師
總 代 理　成陽出版股份有限公司
電話：03-2717085（代表號）
傳真：03-3556521
郵政劃撥　19000691　成陽出版股份有限公司
印　　刷　海王印刷事業股份有限公司
港澳總經銷　泛華發行代理有限公司
地　　址　香港新界將軍澳工業邨駿昌街7號2樓
電　　話　(852) 2798 2220
傳　　真　(852) 2796 5471
網　　址　www.gccd.com.hk
出版日期　2016年 11 月　初版
ISBN　978-986-387-129-3

定價　280元

國家圖書館出版品預行編目資料

直到有錢的那一天
／莫欣・哈密（Mohsin Hamid） 著
崔宏立譯 --初版. –新北市中和區：INK印刻文學，
2016. 11　面；14.8 × 21公分. --（Link；18）
譯自：How to Get Filthy Rich in Rising Asia
ISBN 978-986-387-129-3　(平裝)
874.57　105018762